U0655642

Sheng Zai Shu Jian

声在树间

于兰 著

GUANGXI NORMAL UNIVERSITY PRESS
广西师范大学出版社
·桂林·

图书在版编目（CIP）数据

声在树间 / 于兰著. —桂林：广西师范大学出版社，
2019.8

ISBN 978-7-5598-1846-1

Ⅰ.①声… Ⅱ.①于… Ⅲ.①散文集－中国－当代
Ⅳ.①I267

中国版本图书馆 CIP 数据核字（2019）第 113014 号

广西师范大学出版社出版发行

（广西桂林市五里店路 9 号　邮政编码：541004）

网址：http://www.bbtpress.com

出版人：张艺兵

全国新华书店经销

广西广大印务有限责任公司印刷

（桂林市临桂区秧塘工业园西城大道北侧广西师范大学出版社
集团有限公司创意产业园内　邮政编码：541199）

开本：787 mm × 1 092 mm　1/32

印张：8.625　　字数：150 千字

2019 年 8 月第 1 版　　2019 年 8 月第 1 次印刷

定价：46.00 元

如发现印装质量问题，影响阅读，请与出版社发行部门联系调换。

／代前言

枣树林

也许是阴历的二月末或是三月初，听到了布谷鸟的叫声。

这个时候回到村子里，总让我想起小时候听到布谷鸟叫声的那些岁月，还有那时候的梦想。

我童年的梦想，对了，那确切的时间应该是从我十三岁时说起——那时候我不称自己处于少女时代，而是天真的童年时代。每当走进初中学校后面的枣树林，我就希望有一座属于自己的城堡。这座城堡就在这片鸟语花香的枣树林里，它并不像童话里的城堡那么奢华，只要我能一个人独处，屋子里有一张桌子、一把椅子，能够读书，自由自在，就行了。而且那时候在树林中闭上眼睛，闻着枣花的香味，我的脑海里真的出现了那样一个看似简单却实用，而且自由自在的城堡。现在看来，就像伍尔夫《一间自己的屋子》说的，那种理想仅此已经让人满足。所以，当我现在终于能够实现小时候的梦想，而且比当时的梦想还要好时，坐在书桌前心情激动，以至于竟写不出什么了，说起来很好笑。童年的梦想里有最宁静的痛苦、快乐和安慰。

我出生的这个村子将近有一千七百人，三百多户人家。我曾在一些小说里构想过这个村子的历史，它的由来，但终究是我想象的产物。看县志的时候，我只知道在古代，这里还是黄河的流经地，后来黄河改道，就成了黄河的冲积平原。村子里原来有好几个大沙岗，那就是黄河留下的礼物。

在外祖母奇奇怪怪的神鬼故事里，很多事都会发生在那些树木繁杂茂盛的沙岗深处。我小时候沙岗还很大很深，走进去不小心会迷路。那里有无数的鸟儿在叫，有野兔和狐狸，有我不知道的野物，让人心惊胆战，以为碰到了什么精灵神怪，免不了要担心，晚上怕走夜路，怕在沙岗树林里遇到某个东西跟随着自己。后来沙岗越来越小了，它们就不再神秘，不过是树木繁杂的林子罢了。我想，可能在古代这些沙岗很大，看上去神秘莫测，所以围绕着它们的故事就多，或者说它们的庞大给人们留有充分想象的余地。

而在枣树林里，种植着成排成行的枣树，不用担心遇到神怪，却最适合产生梦想。

记得我那时还是把自己简单的梦想，做了一下尝试，那就是在枣树林的一个拐角处，用到处捡来的砖头做了课桌大小的一个台子，然后还是用砖头垒起一个比台子矮些的，当作凳子。于是那里就真的有了一座城堡。我不喜欢和同学们一起上自习，于是自习的时间我就收拾起书和作业本，跨过矮矮的土墙头到我的"城堡"里面去。在那里一直待到枣树林前面的几户人家院子里有了炊烟的时候，我就卷起书和作业，再一次越过土墙头，回教室里。我不是一个好学生，但我去"城堡"时好像从没有被抓住，于是我便独享着自己的安静和寂寞。

那时的枣树林，早晨总是有布谷鸟的叫声，"咕咕枣树"，我就听到它在这样说。它说：枣树林的早晨太美了。我心中有同感，禁不住在半醒半睡中笑了。现在我在城市里偶尔听到布谷鸟的叫声依然会禁不住会意地笑，想起小时候的枣树林和童年时寒碜的梦想。

于是从一间自己的屋子，或曰"城堡"这样的梦想开始，我注意到春天刚刚开始又走了，田野里开放的各种花儿让心中也有一朵花儿在开着，开得满满的，以至于自己的激动无人分享，便感到了最原初的那种寂寞，仿佛没有人能让澎湃的心潮平静下来，多么想诉说呀，又不知从何说起。也许这就是原始的文学冲动。

我说那是原始的冲动，也许有点夸张，但是好像生命一开始就是夸张的，一声声夸张的嘹亮的哭喊，好像要对这个世界诉说，但还没学会说话。于是只有等待、等待，等到真的能说话了，却忘了自己原来到底想说什么。

现在我回到村子里，会到处走走。村子里有我这样一个闲人游逛，不免招来村人的观看，待到近处发现是我，都笑着向我打招呼。他们的笑好像还和多年前的一样，充满了朴素，还有对我的羡慕和崇拜，这也是他们对所有脱离了乡村生活的"干部"们共同的表情。我去找原来的学校，学校已几经变换，由学校到油坊，现在已是民居。而枣树林所在的位置也已变成了一排排房子和一个场院，场院里扔着不用的农具，一个有些年头的石磙，一辆散架的地排车，还有一些零碎的树枝树根，然后就是一个个的麦秸垛和草垛了。我在那里徘徊着，想着我当初在枣树林里的"城堡"。我伸头向一座房子张望，因为就在这个大门口，我曾用青砖垒起我的"桌子"和"凳子"。

　　有的时候，我回到村子是在初夏的日子，要知道初夏可是乡村最美好的时节。那时枣树林里的枣树刚刚发芽，田地里刚刚种上棉花，一如大人经常说的俗语："枣芽发，种棉花。"就是在这时我听到布谷鸟的叫声，这叫声是我当初最简单的快乐，也使我有了最原初的审美意识。又因为有了这种审美意识才有了梦想，有了梦想才有了那一间屋子和一座城堡，才有在我经历很多世事后心里还保存着的那块圣地，那无论何时何境都可报以会心微笑的地方，于是有了我自己对事物的看法，有了自我有了世界和宇宙，有了无所不包的同情宽容忍耐以及扎加耶夫斯基所说的"平凡生活中的平静与勇气"。

　　而且后来我读到一些东西，据说，卡夫卡有着"地洞"式的生活：带着纸笔和一盏灯待在一个宽敞的、闭门杜户的地窖最里面的一间，饭由人送来，放在离他最远的、地窖的第一道门后，穿着睡衣穿过地窖所有的房间去取饭是他唯一的散步。然后，又回到桌旁，深思着细嚼慢咽，紧接着马上又开始写作。这是卡夫卡所向往的最理想的生活。当我还不知卡夫卡为何人时，也同样有了那种理想生活的梦想和它的实现——关于在枣树林中从天而降的一座简朴的城堡。

目 录

曲尘花

无论是对于茶道，还是其他艺术，「曲尘花」都是一个无法避免的词语，它是每一个孤独的个体到达一定的境界必须具备的东西。

/ 曲尘花

1. 我们的村庄

重新翻阅《水浒传》，当年被我一阅而过的地方吸引了我的眼光，比如第二回就出现的有关宋代村庄的描写，那是史家庄史进的庄园："前通官道，后靠溪冈。一周遭青缭如烟，四下里绿阴似染。转屋角牛羊满地，打麦场鹅鸭成群。田园广野，负佣庄客有千人；家眷轩昂，女使儿童难计数。正是家有余粮鸡犬饱，户多书籍子孙贤。"

这段描写让我想起明代四大家之一的沈周，他的《东庄图册》据说是写生得来，画面中最多的是竹子和树，柳树、槐树、松树，这些都是最常见的。村庄前面是一条河流，河流边上是蒲草等水边生长的植物和泊在那里的小船，后面是高大的树木，上百棵之多，更后面是隐匿在树木中的村屋，村屋廊檐的延伸是木制的篱笆门。篱笆门之后是渐渐隐去的水上小桥，又或者通向打麦场，那里鹅鸭成群和牛羊满地。

哪怕是朝代更替，哪怕是刀光剑影，在厮杀过去之后，中国的乡村是变化最慢的，从这些文学读本里，从这些画册里可以看到。所以，宋代的村庄大概是很多年代里中国乡村的典范。

即使现在，我们有些地方仍在追求宋代村庄的模式。比如，我生活的城市里有一处叫作"柴家花园"，那就是仿宋的建筑，根据《水浒传》里有关柴进庄园的描述和柴皇城花园的描写所建。柴大官人的东庄（和沈周的《东庄图册》里的"东庄"字面一样）"数千株槐柳疏林"，更有柴皇城哭诉自己的后花园被人索占，"对他说我家宅后有个花园水亭，盖造得好。那厮带将许多奸诈不及的三二十人，径入家里来宅子后看了，便要发遣我们出去，他要来住"。

被索占了家屋的柴皇城一气之下病死。在这里还发生了《水浒传》里的大规模神鬼之战——"柴进失陷高唐州"。我想，一个家园建造好之后，不仅仅是他们的容身之所、相聚之地，更是他们的精神寄托。

《水浒传》接下来的章节就是花和尚鲁智深大闹桃花村，对桃花村的描述是这样的："一日正行之间，贪看山明水秀，不觉天色已晚。但见：山影深沉，槐荫渐没。绿杨郊外，时闻鸟雀归林；红杏村中，每见牛羊入圈。落日带烟生碧雾，断霞映水散红光。溪边钓叟移舟去，野外村童跨犊归。"这竟是宋代山水画中最常见的样子，比如李成、李唐和马远的山水画。

"落日带烟生碧雾，断霞映水散红光"，这也许是一个人走入一片山水之中最先映入眼帘的——日落时分，山村里薄雾升起，天边的霞光映在河流溪水中，我们就像看到了李唐的《万壑松风图》。在画面下段，左侧的流水与右边的山径，霞光水色之中，两边是迤逦的山崖，山崖万壑之中松林的风正在吹动着，我们的衣袖感觉到了这充满松香的风。我们也在李唐画面构图的开合有序中，明白这样的书画描写符合人们观察大自然的视觉层次，感觉它是真实的。这是那个山村里世俗人情离我们最近的情景再现。

我们的村庄再向前延伸，应该就在《诗经·卫风·伯兮》里，其中写女子思念自己高大英武的丈夫的诗句，以萱草言情，"焉得谖草，言树之背。愿言思伯，使我心痗"。我想，在远古的时代，我所在的村庄正是卫国所在，当时的卫国立国前后共计900多年，是长寿之国。聊城西部也曾是卫国所在地，当年《诗经》里"卫风·伯兮"的故事也许就发生在我的村庄。我常常想，我们的村庄里很多种植萱草的人，他们其实仰望的就是远古的卫国，那是一直生长到今天的忘忧草。村庄里的人们，在他们的身体里也流着河边溪水的声音，穿越千年的风声，歌谣里咏叹的是《诗经》里的情怀，爱情的滋味，生活与爱情的冲突与矛盾，花朵的灿烂与凋零都是大自然的安排。我却由此知道书画家们喜欢画萱草，也是得之于《诗经》里对乡村和大自然的应和，人们自然而然把它们当作美好爱情的象征。我们的村庄一代一代就是这样自然生长着，像长着玉米和小麦的坚实的乡村，像长满萱草充满浪漫的乡村，因为这些文化的火种是不灭的，我们的村庄才显得如此珍贵而不朽。

2. 那场瘟疫

施耐庵是个很有意思的人，他作为明初的人却要描画一幅宋代的英雄图，而这样一部书要让很多人好奇，那就得有很多奇幻有趣之处。比如，在"引语"中他写一得道高人骑在驴上却眼观天下，在山间小路上溜达着，听到客人们谈论柴世宗让位给赵太祖，他竟大笑，以至于差点从驴背上掉下来，还口中念念有词：从此天下定矣！

福祸相依，这老道的大笑声还没有湮没多久，这个国家就有瘟疫了。"瘟疫"其实是当时的社会在物质与精神上产生动荡的隐喻。我们所熟知的范仲淹——宋仁宗时的参政知事，就向皇帝进言，为灭此灾，要竖起三千六百分罗天大醮，请张真人前来施法。派去的人是洪太尉，他到了江西龙虎山，前一天三清殿的道人告知他要亲自到山上相请张真人，走到山路奇难处，他就心生怨怼，此时便有猛虎出来吓他一跳。走过一段路心里刚有怨气，又有大蛇出来吓得他魂飞魄散。

第二天三清殿的道人告诉洪太尉，他前天看到的骑牛童子就是张真人，已经上路赶往京师了。他闲来无事，就在三清殿瞎逛，于是看到一间伏魔殿，很好奇——好奇害死猫。他非要进殿，谁也拦不住，接着掘开碑石放走了三十六员天罡星、七十二座地煞星——总共一百零八个魔君，于是就有了《水浒传》。

宋景祐年间的这场瘟疫，也可看作国家的各种矛盾相互激化到了一定地步的象征，要爆发了。虽然看似天下太平，但暗流涌动，那些在不同的社会环境下生长的人因为类似的无奈遭际，纷纷走上了水泊梁山。而后天下被搅得风云变色，而始作俑者竟不再被作者提起。唯一让我心动的是这厮去江西的路上，看到的艳阳天："遥山叠翠，远水澄清。奇花绽绵绣铺林，嫩柳舞金丝拂地。风和日暖，时过野店山村；路直沙平，夜宿邮亭驿馆。罗衣荡漾红尘内，骏马驱驰紫陌中。"

这该是怎么样的乡村美景，不由得让我们也要穿越到那里，野店山村外一望无际的田野，一匹骏马奔驰在乡村的野路上，让和风与阳光拂过脸庞，任由柳丝和柳絮飘然如花，那浪漫的场景让人如痴如醉。

更有意思的是作为明初的作者施耐庵，他对乡村的描述应该还是来自自己眼前的乡村，因为宋代的乡村和他眼见的区别并不大。而且我自己揣测，他对宋代的山水和花鸟画一定研究很多，所以，很多村庄和大山的样貌都如同中国山水画的高峰——宋时山水画大师笔下的样貌。

宋代的山水画讲究师法自然，在五代时期的画家荆浩"凡树万本，方如其真""搜妙创真"的指导下，宋代的山水大师虽然各有创新，风格各异，写实摹真的思想却一直没有改变，比如李成对齐鲁风貌的描摹。他在山东营丘一带活动，也就是现在的临淄，所见大多是平原和平原上的丘陵，泰山的余脉想必也是他经常入画的。他的艺术成就使他成为北方山水画主要流派的代表人物之一。后人都说李成画树最为绝妙，变荆、关雄壮浑伟之势为清劲秀润之气。他的画

"近视如千里之远"，呈平远式构图的特点。他在生活上、仕途上不得志的境况，也决定了他苦寂无奈的心境，使得他的作品呈现出旷达清高、孤傲苦寂的境界。他用墨淡润，运笔清瘦，"惜墨如金，淡墨如梦雾中，画面浑润"。后人黄公望对李成所画之树无比崇拜，那施耐庵对李成所画丘陵是什么感受呢？

这倒让我想起一人，这反而又要让历史往前推移了。

3. 一个人的鱼山

《水浒传》作者，他的很多描写发生在我生活的这一带，比如高唐州，比如武松打虎的阳谷景阳冈，比如西门庆做生意时要到的临清市。京杭大运河滋润了运河聊城段的经济，包括临清段在内。但他略过了一个县域，那个离水泊梁山更近的地方，为什么呢？

于是，我不得不抛开他去寻找那里的村庄。

在某年7月下旬天气炎热的日子里，我们驱车经过一个又一个普通的村庄，路边的池塘里有肥壮的荷叶和开得饱满的荷花，胭脂红的，粉的，白的。那些含苞的荷花茎干粗壮，一看就知道这养荷藕的人是下了一番力气的，但将风景留给了我们。在上午炎热的空气中，那些村庄里的荷塘静默着，那么严肃而又亲切。我们于炎热中下车看了一处的荷塘，观看荷叶和花的变幻，在荷叶中心滚动的一颗颗水珠，想到古今之书画家们最喜爱表现的题材——荷花，想象在这一片荷塘之上，究竟飞舞着怎样的精灵，有着怎样的感怀？

接着向前赶，因为我们要去的地方是前面不远处的鱼山。知道鱼山快要到了，但不能眺望到鱼山的身影，就知道它有多么小。记不清这是第几次来了，但我每次都是在大部分人听完讲解离开后，再对着曹植的塑像鞠躬。这个塑像是用什么材料制做的都不重要，重要的是我要对着自己心中的那个历史上无可替代的人鞠躬。

也许大家记住的是那个写下《洛神赋》的才情四溢的曹植，那个人生充满悲情让人无限感慨的曹植。《洛神赋》首句"黄初三年"，那是公元222年，也是他被封"鄄城王"的这年，他从京师路过洛水而写就《洛神赋》。想来古人也是好八卦的，他们都认为曹植的洛神确有其人，《太平广记》卷三百十一《萧旷》篇和《类书》卷三十二《传奇》篇，都记述着萧旷与洛神女相遇一节。洛神女说："妾，即甄后也……妾为慕陈思王之才调，文帝怒而幽死。后精魂遇于洛水之上，叙其冤抑。因感而赋之。"

《洛神赋》原名《感鄄赋》，是因为曹植被封"鄄城王"才如此命名。有如此误会，大概因为此赋写得太好，影响太大，古人今人都禁不住一直追寻洛神其人。

曹植的诗才早有定论，在他作为曹操的儿子之时，他只是一个才情四溢的公子哥，只有经历过人生的风雨苦难、大悲大欢之后，他才会写出像《洛神赋》这样的不朽之作。黄初七年（226），曹丕病逝，曹睿继位，曹植被一再转封，不停迁徙，命运更加悲惨。等到太和三年（229），他徙封东阿。被封为"东阿王"后，他开始在鱼山下的小村庄落脚，每天到鱼山来研读佛经。释道世《法苑珠林》记载，曹植"尝游鱼山，忽闻空中梵天之响，清雅哀婉，其声动心，独听良久"，于是"乃摹其音"，写成《太子颂》等梵呗。

就鱼山的地理位置而言，它是这个大平原上唯一的一座山，回头向东，山脚下宽阔幽深的峡谷间，流淌着清澈而湍急的济水。来自济源山上的济水，一路吸纳着濮水、菏水、汶水等众多支流，在鱼山脚下汇成一条波澜壮阔的大河，滔滔向东北而去。对岸连绵起伏的群山，都是泰山的余脉。以前空气没有污染，东阿人早晨起来，在清明澄澈的空气中，在二十里外的雾气萦绕之中，就能远远地看到那些山峰。我想，在古代，鱼山是否像宋人李成《茂林远岫图》和李唐《万壑松风图》里的样子，孤傲耸立着？曹植信步来到鱼山，在山谷内就能听到河水的淙淙声，如同清澈的钟声回荡，连绵不绝，也许这就是曹植听到的"梵呗"。

据说每年汛期，刀鱼会逆流而上"朝拜"鱼山，其实那是刀鱼要逆流产卵。不管怎样，鱼山因曹植有了许多神秘的传说。

遥想当年，曹植在鱼山隐居读书撰经，山中茂盛的树木和各个季节里盛开的花朵，那些草花和灌木开的花朵，一定让他陶醉了，山上树木和花丛里鸟儿的鸣叫声都清幽得像歌唱一样，应和着东面河流的水声。他也经常登上山顶望着山下的那条奔腾的河流吗？他一定是爱极了这里，才会被转封陈王之后，在遗言中要求自己死后葬在鱼山。

还是说回书画艺术吧，中国的山水画和花鸟画的源头——东晋顾恺之是当时书画理论和创作的实践者，他留在北京故宫的《洛神赋图》，被大家认为是宋人所临。它是根据曹植《洛神赋》所画，画面上人比树木和山峰都要大，所谓"人大于山，水不容泛"。所以古代的书画家们被洛神的形象所吸引，创作出她"翩若惊鸿，婉若游龙。荣曜秋菊，华茂春松"的样子。

但是，洛神，还是曹植一个人的洛神；鱼山，还是曹植一个人的鱼山。

与顾恺之同时代的文学家陶渊明创作了《桃花源记》，无论是作家的想象还是书画家所说的写生，于师法自然师法造化之处，我们不难看到古代我们村庄的影子。故宫里收藏的顾恺之《洛神赋图》，虽无缘得见，却极大地丰饶了我恣意的想象，以及对生活与爱情痛彻了悟的感受。

4. 曾闻花面比仙同

前文提到的书画大家沈周，与文徵明、唐寅、仇英并称"明四家"。他活到了83岁，应该是高寿了。他82岁时还创作了《烟江叠嶂图》，是他最杰出的画作之一。

不知为何陈淳没有成为沈周的徒弟，却成了文徵明的徒弟。但是，一个人只要有才情，做谁的徒弟都无所谓，命中注定他要超越他的师父。在绘画史上，陈淳的吴派画法深受沈周的影响，其成就早已超过了文徵明。从这三人的关系也看出在书画艺术里不只讲究师承，更重要的是自己的领悟、创造和风格。

陈淳在他的画作《湖石花卉图》题诗说："曾闻花面比仙同，卉物何缘有道风。眼底未能成九转，研朱先为驻颜红。"意思是，都说花的姿容就像是仙子一般，但也能让人悟到道家的风貌。是的，每个书画家在自己慢慢"修炼"的过程中，就像是一个道人在炼制丹药一样，无论笔墨才情还是文化底蕴，都要经历无数次的循环变化、自我突破，才能"九转"，让自己的笔墨有着"研朱驻颜"的能力，让自己笔下的"花面"呈现仙风道骨般的容颜。

后人评价陈淳的花鸟画，说他画的"花草有迎风作笑之态"。他画的那些仿佛随手拈来的花朵，旁边的湖石烟润露湿，哪怕是地上随意生长的小草都氤氲在一种水汽里，整个画面的布局和气氛烘托自然而优美。

无论是花草有迎风作笑之态，还是他题写的"曾闻花面比仙同"，包括他后来画的一幅《水仙图》，在他画画的意识里，他笔下的画是美人，而且是女神。他的《水仙图》后人评价"淡墨双勾，花蕊以重墨点醒，叶片偃仰，临风飘逸，掩映花朵，饶有情趣，用笔潇洒利落；衬以浓墨皴擦点染的湖石，用笔亦是挥洒自如，略施淡墨渲染，更加突出水仙之娇态可掬、雅丽之色。黑黑白白，疏疏密密，水边崖畔，遂有清气流行"。

在题词里他承认自己是在向曹植的《洛神赋》致敬——环佩飘然至，群旌洛浦仙——洛神的样子就是"翩若惊鸿，婉若游龙，荣曜秋菊，华茂春松。仿佛兮若轻云之蔽月，飘摇兮若流风之回雪。远而望之，皎若太阳升朝霞。迫而察之，灼若芙蕖出渌波"。洛神的一顾一盼，举手投足是仙姿，是飘然的舞蹈。于是，在《水仙图》里，陈淳像顾恺之画《洛神赋图》一样，水仙若是人物，湖石就是山，人或大于山或依傍着山，每一丛花都像是按下暂停键让神女舞蹈的样子在定格，然后又是下一个舞蹈的样子，将水仙的神韵和情致表达得淋漓尽致。

听一位画画的长辈说："我画了几十年，但我也弄不清自己画了些什么。"在书画艺术这条道路上追寻的人很多，但只有像陈淳这样有天赋的，才能运用多年来积累的笔墨技巧加上自身的内在修为画出一幅杰作。

陈淳画花鸟画水墨氤氲，连画面上的雾气、湖石的潮湿都画得出来，无怪乎他的山水画，画烟云也成了绝活。《墨笔山水图》是陈淳山水画的杰作，像他另外的山水画一样，画面上总有一个人在近处的山坡上极目远眺，或水中一叶扁舟半掩，一人坐于船头，这就和南宋的李唐有了区别。李唐的山水画若有人物，大多是两个人，相互映衬，甚至还有相互交流的样子，仿佛在说着只有他们自己才懂的话语。到了陈淳这里，却是孤独的一个人，中景是秀木成林，溪流空幽，再远处是烟云掩映着溪流的尽头。

无论是画花鸟的仙姿风骨，还是画孤独一人的山水，在我看来都是一样的，画家所面临的心境和悟道上的哲学意蕴都是一样的。就如同我在美协的写生培训班里，写生的老师教我们画春天里的蜀葵，一朵朵开得正艳的红色、粉色、浅粉色的花儿，在风中，老师手中的画笔能让我们看到风吹过花朵的样子。我想，这些如此艳丽的花朵，它们要的只是尽情恣意地开放，完成这一个春天的使命。正因为花朵这种毫无顾忌的开放，它们才显得如此悲壮！就像《水仙图》和《洛神赋》里与我们诀别的神女，那美丽高洁的姿容我们忘不了，记录下来了，但她还是离我们远去了，剩下我们孤独的一个人，无法安眠。

5. 曲尘花

这一天，我手中的笔绕过前面的那位书画大家，然后，想起在这个篇章里应该好好描述一下曲尘花了。

元稹有一首诗写得与他的其他诗歌风格不同，题目叫作《一字至七字诗·茶》。他写的是茶，诗句像叠罗汉，一层一级，就像种茶的人去山上采茶一样，一步一级地走着，道尽他对于茶的理解和况味。其中有一句"碗转曲尘花"非常有趣。

曲尘花，指的是茶汤上面的沫饽。陆羽《茶经》中记载了唐代以前饮茶的方式——直接将茶放在釜中熟煮。先将饼茶研碎待用，然后开始煮水。以精选佳水置釜中，以炭火烧开，但不能全沸。加入茶末。茶与水交融，二沸时出现沫饽，沫为细小茶花，饽为大花，皆为茶之精华。此时将沫饽舀出，置熟盂之中，以备用。继续烧煮，茶与水进一步融合，波滚浪涌，称为三沸。此时将二沸时盛出的沫饽浇入釜中，待精华均匀，茶汤便煮好了。煮烹茶的水与茶，视人数多寡而严格量入。茶汤煮好，均匀地斟入各人碗中，包含雨露均施、同分甘苦之意。

所以说，无论是对于茶道，还是其他艺术，"曲尘花"都是一个无法避免的词语，它是每一个孤独的个体到达一定的境界必须具备的东西。

中国的乡村变化最慢也最美的莫过于南方山明水秀的地方。

我有一位做茶的朋友，她经常讲自己去福建产茶区采茶制茶的经历，比如去武夷山制作金骏眉，去福鼎市做白茶，她几次到海拔很高的山峰看生长的茶园，山路陡峭，每到转弯处不由得惊叫。更有一次遇到前面的车辆出了事故，他们想尽办法从停在悬崖边的车辆中挤过去，继续上山，心里满是恐惧。等看到满山遍野的茶园自然生长于山峦起伏的梯田中，他们立刻被满山的茶香吸引，忘记来时的艰辛。她的祖辈就跟福建的制茶师有联系，他们相信传统的工艺做出来的茶叶是最自然的，每一片叶子里有山上云雾缭绕、雨水滋润茶园的清香，有梯田泥土的芳香。她还跟住在山上开荒种茶的三兄弟有长期的生意往来。在山上，他们还种上了香菇，这种晒干后小小的黑黑的香菇还带着山野里的香气，带着树木和花草的香味，新鲜又美味。

有时不上山，在村子里看到远处有云雾聚集，晴天时看不到的一个小山坳"现形"了，云雾过后，它立刻在人们的视线内消失了。让人感慨因山中的天气随时变幻，能看到不同的景色。

福建省福鼎市产白茶，那里到处是山峦起伏的丘陵地。最高峰是西部青龙山，海拔1140.3米，南部太姥山主峰覆鼎峰海拔917.3米，因此这个城市叫作福鼎，气候温和，雨量充沛，山区大片丘陵地可以造林和种茶。白茶属微发酵茶，因成茶满披白毫、清幽素雅、如银似雪而得名。其汤色杏黄，清澈晶亮，入口清新，甘醇芳香。福鼎白茶制作工艺自然而特异，不炒不揉，文火足干，最大限度保留了茶叶中的营养成分，形成了独特的保健品质，是最原始、最自然、最健康的茶类珍品。

就像元稹《一字至七字诗·茶》这首诗中所写，古代人喝茶要研磨碎了再喝，一直到宋朝人们喝茶的方式和对茶道的追捧也是类似的，就是"碗转曲尘花"，那种大的小的沫饽花一入口便满口生香。人们这种极致享受的愉悦感与美感正是宋代书画家们在他们的山水画和花鸟画里所表达的，他们的画中云雾缭绕、奇山异峰、花草树木，水墨里重现了大自然的瑰丽。就像制茶师强调好茶得之不易，要"天地人和"，山间茶园里自然生长的茶的枝叶都吸收了天地的精华和灵气，融进每一片叶子，然后采摘下来制成茶，让茶再一次生长、成熟和呼吸。用泉水泡饮时，茶随着茶碗自然地溢出清幽的香味，如同身临其境，与生长着茶园的那座山，那里的人、树木、阳光和雨露相遇或者重逢，这何尝不是书画家们告诉我们的"曲尘花"呢？

6. 闲抛闲掷野藤中

我学画画，一开始敢拿起毛笔，但是后来感觉越学越难。艺术，总是越来越难，不会越来越容易，不会因为熟悉套路就能如公式般套用，很容易地形成一篇文学作品或是一幅画，若不是浅尝辄止的话。凭经验就可以画出一幅敷衍之作，或写出一篇还算可以的文章，但要有所提高，是一个艺术工作者最难的事。我在北京荣宝斋买了一些绘画用品，然后到王府井书店买了第一本书画集——北京工美出版社的《徐渭书画集》。

翻开书，我感觉自己学一段时间或许也能像徐渭一样画画，真的是无知者无畏。看着这些好像随意勾勒出来的茎干，叶子用大泼墨写出来，浓淡相宜，非常像自然生长的花草叶子，或完整或破损，挥毫即成佳作，甚至是杰作，好像不经意间就画出竹子依偎在石边，但每一笔墨全是用尽心思得来。想一想五十岁的徐渭在干什么呢？

他五十岁的时候住在一个叫"梅花馆"的地方，屋外种植了葡萄，所以，他画了很多有关葡萄的作品，也曾题诗："半生落魄已成翁，独立书斋啸晚风。笔底明珠无处卖，闲抛闲掷野藤中。"

即是说像我这样的失落之人，九次自杀竟还安然活着，就像那些野藤一样被胡乱抛到荒野，却有了更坚强的力量生存下来。

花鸟画中藤蔓类植物最难画，特别是藤条，既要画出它的虬曲，又要画出抑扬顿挫的感觉，像自然生长的藤蔓一样相互缠绕不休，又充满着野性的力量。在藤蔓之外的那些零散的丝须穿插在藤条、叶子、花朵、果实之间，要像音乐的音符一样充满律动感。

田野中那些藤蔓类植物的生命力有多么顽强，如果你在桃花和杏花盛开时折下一根枝条并不费事，但是你若想轻易折下一根葫芦的藤蔓，很难。它的韧性会将你的手指勒出痕迹来，并有绿色的汁液留下来，那是植物的血液，它用"血"的代价来换取自己的生存。所以，人们不能忽视一根野藤的力量。但是，作为"野藤"，它随时可能被人们抛弃。

小时候，村子里有家人在房子西侧种了一架葡萄，每当夏季我们都跑去葡萄架下乘荫，七夕时跑到葡萄架下偷听牛郎和织女说情话（虽然没有听见过，只有呼呼的风吹过，只有秋虫的鸣叫，一声声像是声嘶力竭的歌唱）。那家的孩子还曾向我们展示他家有这架葡萄的优越感。但一年春天，他家院子里满是刚刚冒了叶芽的葡萄藤，像是尸横遍野的战场，原来人家要在西厢盖房子，所以刨了葡萄藤。我对父亲说，为什么他家随便刨了葡萄树？我们为什么不能移栽到我们家里？父亲只说，小孩子知道个啥！类似的事情在城市的小区也见过，因为有病菌，种忍冬的人没有管，直接将很粗大的忍冬树藤连根拔起。那一年后，我们再也看不到满藤的金银花，闻不到它们开放时的清香了。

也许徐渭的感叹就在这里，它虽然生命力顽强，但是不足以得到人们的重视。我想在他那个年代，他没有如此盛名，当时的人很少将他的画幅当作明珠一样保存甚至是购买，让他的生活过得好一些。所以他才会穷困潦倒，他只有自己照顾着梅花馆里的葡萄藤，对着它写生画画，寄托自己的情怀。也许画藤就是从他开始的吧，我记得陈淳藤蔓类的画不多。徐渭画了好多葡萄，有石边的，有跟其他花草共同生长的，运笔泼辣狂放，就像徐渭自己那狂傲不羁的一生。

读他所写的《自为墓志铭》，禁不住流下眼泪。嘉靖四十四年（1565），他四十五岁，在浙江巡抚胡宗宪处做一个小官吏，但胡宗宪又因严嵩所累，徐渭也因此惶惶不可终日。他惧祸佯狂，终因精神压力过大，加之长期脑风病积郁，真的疯了。写作《自为墓志铭》时，他已三度自杀未遂。

但从他的墓志铭来看，他并未真的疯狂，此文条理清晰，并没有思维混乱之状，只是感叹自己逃不脱的命运，才作如此之墓志铭吧。

……至是，忽自觅死。

人谓渭文士，且操洁，可无死。不知古文士以入幕操洁而死者众矣，乃渭则自死，孰与人死之。渭为人度于义无所关时，辄疏纵不为儒缚，一涉义所否，干耻诟，介秽廉，虽断头不可夺。故其死也，亲莫制，友莫解焉。……

下面他还说到自己"不善治生"等，不禁感慨，难道一个人只能身后留名？经过时间的洗礼，人们才能理解他宽容他甚至是崇拜他？

他交代了自己的遗言之后说："葬之所，为山阴木栅，其日月不知也，亦不书。"

徐渭到了四十八岁时才潜心研究书画艺术，他一生坎坷的经历和他的文学成就都帮助他终至大成。他的画气势雄壮、意境深远，集书、画、诗等艺术为一体，成了中国写意花鸟画发展中的里程碑，开创了中国写意画派的先河，为文人画的发展提供了广阔的空间。

如果说陈淳的画能收能放，那么徐渭则完全放开了。是啊，既然人生已无可失去的，在绘画的表现上也会不同。汪洋肆意又怎样，不符合绘画规律又怎样，一切以自己临时的心境为由，大笔写出，狂放而不落窠臼。

夏末的时候，我从一棵葫芦密密匝匝的叶子与藤蔓上，好不容易折下一根来，它上面有两个小小的绿色的葫芦，有叶子和藤，我将它挂在书橱上，它顺势垂下来。第二天，绿色的小葫芦还没发蔫，但折下来的最上面的藤蔓已开始干枯。第三天，有一朵白色的葫芦花开放了，原来藤上本来就有一两个花蕾，它用尽最后的力量开了一朵花，我禁不住对它膜拜，感叹这朵花儿是多么有力量！

早晨，阳光下一朵朵盛开的牵牛花，在冬青树丛中攀缘而上，粉的、紫的，此起彼落，比起中规中矩的冬青，我更喜欢它们张扬着沸腾而响亮的生命。

再说到徐渭，他不会"治生"，不会善待自己，他像一个自虐狂一样，把一生都揉碎、碾磨，如同一块发酵了多年的茶饼，在这磨碎的生命上，浇上滚烫的水，于是大的小的沫饽花就涌流出来，他的艺术精华的香味会一直弥散着，缭绕着，我们都会在它的香味中迷失……

7. 强大而孤独

我想说从我写徐渭时，就已经跟施耐庵先生的村庄距离越来越远了。

我想学的是国画，但那天在北京王府井书店除了买了一本《徐渭书画集》外，竟又买了一本有关塞尚的书——《塞尚：强大而孤独》。那时，我虽通读了中外美术史，但有很多史上留名的艺术家并没能全部记住，特别是一个西方的油画家，我想当时吸引我的是书名：强大而孤独。它就像是很多艺术家的人生写真和脱不开的魔咒，强大着，孤独着，孤独着，强大着，既孤独又强大，因孤独而强大，又因强大而孤独。

塞尚的父亲是一位富翁，他在塞尚的出生地普罗旺斯的艾克斯市成立了一家银行。所以，他想让自己的儿子从事法学研究，让他从别人只认为他是一位土豪的印象中脱离出来，让这个家庭里面有一个人可以有更体面的职业。

塞尚没有读完法学就注册了绘画学校，在他的心里一直有一个梦想，那就是成为一名优秀的艺术家。

于是，他去了巴黎，就像在中国，艺术家都去北京，先成为一个北漂，塞尚也一样，他想在巴黎的艺术圈子里生存下来，学习一些新鲜的东西。因为父亲的关系，他的生活不用像凡·高那样凄惨，每一天为面包为肚子而担忧。但他的艺术生涯还是充满了坎坷，如同我们的每一届中国美术展一样，他的画作总是在一年一度的沙龙活动中落选。他画静物、画人物肖像，但是绘画的主要方向在1870年之前难以归类，他甚至多次毁掉不满意的作品。不过他的色调基本上是白、灰、黑色之间的强烈对比。

直到有一天他发现，所有在室内作的画都比不上户外的作品。他明白了写生的重要性，在多次被沙龙画展拒之门外之后，他回到了家乡艾克斯，在距艾克斯三十多公里的一个小村庄画阿尔克河边的圣维克多山，这些成为他后期成熟艺术中的灵感之源。

当他再次回到巴黎时，印象派开始崛起，他跟随印象派画出了有自己风格的作品。那些随意从篮子里滚落到桌面的苹果或梨子、碎花的桌布，充满了日常生活的气息，是轻松明快的浪漫主义。那些室外的画是树林、大海和天空，而树木和房屋的引入让他的画呈现了几何线条。无论是大片的绿色还是大片的蓝色，用绘画的视觉效果表达心境和自然的大美，有更坚实平和的感觉，与之前所画的代表欲望和梦想的水果有不同的含义，他就这样表达自己对生活和人生的诗意理解。

他后期的画作不再受任何流派的影响，而是运用自己的绘画哲学，让大自然融入自己的画作，"与自然平行"的思想是他对绘画的思索，由此他也对自己的绘画风格进行了界定。已得到巴黎认可的画家塞尚又一次回到了自己的家乡，除了继承父亲的财产，还要继续自己在绘画中对圣维克多山的挖掘。这里无疑才是他艺术和生活的宝藏。

其实探讨塞尚的绘画，我更想找到他与中国画之间有没有可以接近和互相理解的地方。比如，在《穿红背心的少年》里，他很注意物体的边缘和轮廓，物体之间的界限，但在这幅画里，他把人物的袖子变长了。这种夸张变形，使人物的存在感更大了，这也跟中国画特别是写意画追求神形不似的夸张变形有异曲同工之妙。当然，塞尚在学习绘画的时候并不知道东方的绘画，不知道在中国画里面最奇妙的是什么，但他运用油画语言来描述故事、人物和风景的时候确实有着很强大的表述，有别于同时代的其他画家和大师。他曾说"以和地平线相平行的线条，来产生宽阔感，使得画面像是自然的一个片段"，像无所不能的神要展现在人们面前的自然一样。他所描绘的圣维克多山，为什么在黄色和红色中加入蓝色，他说："自然相对是存于深度中，而不是表面之上，这就是为什么在那些代表光之震动的红与黄之中，还有必要加上足量的淡蓝，才能令人感到空气的存在。"

后人评价他的画时，认为他的天赋在于运用画面的整体布局，处理透视上的变形。这跟中国的山水画以全景式高远、平远、深远相结合的构图来表现高山的气势，以及在描绘山石的轮廓、云雾的缠绕上，用"透视上的变形"把一座自然的高山和有自己表达的山结合起来一样。

他像中国画家去写生一样去自然中看山，他的圣维克多山，他用很多圣维克多山的画征服巴黎。同时他也曾放言，要用一只苹果征服巴黎，他让这些物象都臣服于他的意志之下，用他强大的能量控制着他所要表达的主题，孤独与和解、从容与感动。

年老的塞尚难道是回忆起了自己的童年？《穿红背心的少年》这幅画作里，他坐在那里望着前面，有些发呆的样子，光线在他的肩上颤动，仿佛那里流过了他的一生。他的痛苦和恐惧、骄傲和幸福都汇在了那张看似平静而饱满的侧脸上。他生前卖画所得极少，1958年10月这幅画在拍卖中以当时最高价61.6万美元卖出。

塞尚的故居风庐，是他艺术灵感的来源，他孤独地画画并在那里创造出有着自己灵魂的作品。他如同是与中国不同的异国茶饼，生长在不同的国度、环境、文化与思想之下，在磨碎浸泡后所散发的曲尘花的香味历久弥新，让异国的我们也久久难以忘怀。

8. 八大山人

我的叙述终于从塞尚那里回来了，但离施耐庵的村庄越来越远，也越来越近了。

徐渭、八大山人与塞尚的共通之处就是强大而孤独。

所谓异人，总有异于常人的基因和天赋。它并没有给予他生活的富足，命运的顺遂，相反其命途之坎坷艰难也非比寻常，不免让人感慨万端。

据说八大山人的祖父有狂狷的性格，但因才华超群，生于皇族而衣食无忧，还常常想后世留名，莫名悲喜，酒后更是如此。敏感多情，是所有艺术家的共性，类似于疾病，生而带之，当他再没有艺术家的激情之后会不治而愈。

据说八大山人的父亲有哑疾，而八大山人更是兼具祖父与父亲之疾，虽才华得之于遗传，疾病也得之于遗传，又值社会动荡，明王朝覆灭，八大山人很年轻便遁入佛门，一是避祸，二是心有郁积。

人们总是忘不了史书记载，当年他也曾有还俗之意，不料1679年的临川之行，以快乐愉悦开始却以他最大的癫狂发作为结束，人们也曾怀疑当时邀约八大山人的临川县令胡亦堂有什么不当之举，后来《临川县志》记载八大山人曾有多首诗歌编入当时胡亦堂令人编辑的《梦川亭诗集》。从那些诗歌可知当时八大山人在临川的心情还是非常惬意的，比如这首《寻倪永清不值》：

昨日寻君长寿庵，闻君策足南山南。

高眠定借道人榻，独往每宿开士龛。

天地此时亦逼侧，官槎文章人不识。

洪崖虽好非安宅，不如归到九峰巅。

置个茶铛煮涧泉。

诗中说，倪永清周游于佛道和天地之间，文章写得绝妙，但西山的洪崖虽好，却非安宅之地。因为即使是道家所在之地也是香火不断、人声嘈杂，不如归隐九峰山，享受一份"置个茶铛煮涧泉"的安宁生活。

总感觉八大山人既是说别人也在劝说自己，毕竟入佛门参禅悟道也解决不了人生的所有问题。八大山人晚年还俗也是因为他想超越宗教的派别与纠葛，做个自由自在之人吧。"置个茶铛煮涧泉"也是八大山人自己的想法。

他在临川生活年余之后，胡亦堂离任去了京师，他也离开那里欲回南昌，但这时他的癫疾发作，大哭又大笑，后八大山人独自上路，硬是从临川徒步回南昌，而这两个地方相距120多公里。回到南昌后，他每日在街市上徜徉，常常是头戴布帽，身穿长袍和露出脚后跟的破鞋，来往于闹市中。一些孩子跟在他身后围观喧笑，他也不在乎。后来，他的一个侄儿认出了他，让八大山人留宿在自己家里，这样过了两三年时间，八大山人才恢复正常。

这次的癫疾看似神秘，致使后人多有揣测；但也有可能只是单纯的疾病发作吧。

《寻倪永清不值》这首诗让我想起如今流行的民谣歌曲《南山南》，不知是否因为八大山人这首诗的灵感触发。因为它们同样言说的是一种孤独，无论是在南方艳阳里的大雪纷飞，还是北方寒冷中的四季如春，这种不能相互理解的孤独是人生而有之的，文人雅士又何尝不是在享受这种孤独呢？

山深林密，总有晚来风急，春天看似繁花似锦，也能想到秋天万物凋敝，秋虫长鸣风中。

当八大山人用简括、变形、夸张的水墨大写意的艺术来表达自己的感受时，他才真正地懂得了自己的孤独是何其有幸。

当他的画中还有两只或更多鸟儿，他还没有孤独至深；当一只鸟儿站在大石上，在一根枯枝上，它还有所依傍，他还没孤独到极致；当天地间只有一只无所依傍的鸟儿时，那至深的寒意才会渗透纸背，泛出画面。

这只鸟儿就是他，茫茫天地之间，只有这一只鸟儿，天、地、人终于道法合一。

八大山人有很多画中只画一只鸟儿，或仰望，或蜷缩低首，连一石一枝都没有；或单单一尾鱼，连一滴水珠都没有。他仿佛已看穿人生的宿命，生命的本质，这真的是哭之笑之又歌之也不能表达心绪之万一。

他曾在题黄公望山水诗中写道："郭家皴法云头小，董老麻皮树上多。想见时人解图画，一峰还与宋山河。"

八大山人的书画受徐渭影响，他何尝不羡慕徐渭，毕竟徐渭还生在明代。而他就像生在元朝的黄公望怀念着宋代山河一样，那远去的明王朝带走了他的心，只留他在南山南，独自守着一饼茶铛。当他有好茶将之磨碎，热水蒸腾之时，那曲尘花的香味是否让他心安？

现在有人认为八大山人画中鸟儿白眼向天是对清王朝的蔑视，是对世人的嘲讽，是对自身命运的怨怼。我看清代陈鼎、邵长蘅等人所写八大山人传记，都只谈他的坎坷经历和艺术才华，并不像现在的人把八大山人的画作意识形态化，后者即使不是对八大山人艺术才华的不尊重，也是一种先入为主的艺术批评弊端。我想，他也许会因自己是皇室身份而产生愤世嫉俗的心情，但作为一个艺术家，天性让他知道艺术高于一切，甚至高于他困苦的生活。也曾有人说，你的父母都生活困顿，你何以风花雪月地去写诗呢？就如同这种论调一样，当一个人进入艺术的境地，哪怕在现实生活中他只是一个小市民，也不影响他艺术的创造。

艺术，是来自《诗经》的一条河流，风吹过千年的树木与河山，人们终究要将心灵安置在艺术的安慰之中。

八大山人晚年生活的清朝，人民生活安定，王朝稳定，想他这样是因为黄公望的诗中有怀念之意吧，况且这也是人之常情。大多数时间，他除了应付自己困顿的生活、卖画为生，更多的是遵循艺术规律，沿着自己要突破的艺术高峰向上，他并没有更多的白眼，只是他同徐渭一样，不善治生。

如果他的白眼向天真的是对世人的讽刺，那么作为一位艺术家，应该与他所生活的时代保持一定的距离，应该有批判精神，但这种批判，不应只对他坎坷的经历，更不应只对他曾经的皇族身份，而应是艺术家对时代清醒的认知与判断。所以画风"冷逸如雪个"的八大山人在前人绘画的基础之上加以创新，才有后人对他书画艺术成就的膜拜与赞美。

我要寻你到南山南，我要与你一起归隐九峰山，取涧泉的水煮沸一壶茶，尽享"碗转曲尘花"的芳香，无论外面是寒冬中的春季还是艳阳天里的大雪纷飞。

9. 曲水流觞

我要写的乡村离现在、离施耐庵宋明两代的村庄也越来越远了。那不妨再远一些吧,到永和九年春天里的乡村。

有人这样形容曲尘花——"花"的外貌,很像枣花在圆形的池塘上浮动,又像回环曲折的潭水、绿洲间新生的浮萍。那"沫",好似青苔浮在水边,又如菊花落入杯中。那"饽"——煮茶的渣滓,水一沸腾,水面上便堆起很厚一层白色沫子,白白的像积雪一般。

这让我想起王羲之的《兰亭集序》:"此地有崇山峻岭,茂林修竹;又有清流激湍,映带左右,引以为流觞曲水,列坐其次。" 那个流传古今的《兰亭集序》,是在永和九年的春天里写就的,王羲之和他的诗友们聚在一起,那座山里溪流潺潺、竹树茂密,文人们雅聚的条件都具备,更重要的是有"流觞曲水"。也许那一天山上的枣树开花了,那些枣花落到"曲水"里,像是煮沸茶叶后的曲尘花发出了迷人的香味。在早晨的阳光下,文人雅士们用被称作"觞"的酒杯盛满酒,让它顺着曲折的流水经过每个人所坐的位置,于是,那个人就拿起痛饮一大口,然后酒杯依次到了其他人那里。等到每个人都微醺的时候,便相互吟诵诗句,再由王羲之挥笔写序，成就了千古传颂的集书法和诗词艺术为一体的《兰亭集序》。

经过岁月的洗礼，这本人人临摹的《兰亭集序》，它就像一饼极致的茶饼，每一次掰下一小块磨碎煮沸，极致的沫饽花像层层积雪浮在这尘世和这时光的杯盏之中，多少人在它的香味里迷醉，慨叹是什么魔力成就的这一饼"茶"。在时间的长河中它就是那么一次又一次地流转，妖娆地开放，像鲜花一样，一直这么盛开着……

在故乡的那片枣树林里，在布谷鸟开始鸣叫的季节里，在那大片枣花的花香弥漫的日子里，我在那里徜徉，我也许还埋怨土坷垃那么讨厌地淹没了我的布鞋。也许很久以后我才会懂得珍惜那段时光，等到那片枣树林从村庄里消失的时候，才知道自己没有超能力穿越时空改变它的命运，就仿佛我们看到自己的命运一般。怀念像潮水般将我淹没的时候，那里的上空才会响起布谷鸟的叫声，那么清脆地穿透时空而来，那片枣树林里枣花的香味像曲尘花一样层层堆积着，在我的生命里，我们何时重逢，我们那懵懂的爱情……

我重读《水浒传》，其实是在一遍遍地重温着我们村庄的历史。我经常做梦，有时梦到自己的故乡，有时不知道那是什么地方，也许是施耐庵先生所描写的更加充满野性而古朴的乡村。我感受到那村庄里的夜风、星星和乌云中的月亮，听到夜鸟发出不安的鸣叫，仿佛是施耐庵的那一百零八个英雄，正在村庄里安歇。突然，一支敌方的军队正向村庄靠拢，那敌军举着的火把照亮了乡村幽静的夜晚，人们从沉睡中惊起，拿起武器保护村庄。

厮杀过后的乡村依然年年新绿，依然在春天开满花朵。

无论是曲尘花还是曲水流觞，都带我们进入非同一般的时空，就像永和九年的春天一样。那个春天成就了一段传奇，以及这段传奇背后那个社会追求自由快乐的精神气质，那种产生大师的社会氛围和环境，还有那崇尚文人墨客风骨的世俗人情。

人们几乎在很多个夜晚拿出临摹版本的《兰亭集序》，悄悄地穿越到那个神奇的日子，成为那群诗友中的一个。也许还会喝上一杯酒或者一杯茶，在微醺的时候一边揣摩一边叫好，文人雅士们的幸福就这样遮蔽并超越了浮世的硝烟和尘埃，一起让灰暗的日子变得明媚起来。哦，说不定就是这样，人们才能安然地度过那么多平庸的岁月，时光之河流过，河面上漂着的叶子像渡我们今生和来生的船只，我们就这样，在那些一掠而过的船上欣赏着我们村庄里的夜风和星星。

/ 茑与女萝，施于松上

1. 桑园变迁

当一个人在自己的梦境中行走，黑暗、神秘、未知，也许就在此时，记忆把你带到一个移动的迷宫前，你摔落时掉到了一棵大树下，对，就是一棵大树。

一棵大桑葚树。

小时候，我家前面的院子里有这么一棵大桑葚树，它占了前院三分之一的面积，儿时显得巨大的院子和巨大的桑葚树。每当天气渐渐热起来，春衣代替冬衣不久，田里的麦子还一个劲地拔节和灌浆，桑葚却一颗颗地长大了，慢慢地熟了，刚一变白色，我就会爬上树去摘桑葚，有时看到高处开始有熟得发红的桑葚，心里就怪自己长得不高够不着。大桑葚树都长那样，在一人多高的地方，粗大的树干开始分叉，四处伸展它大小不一的枝丫，有时蹲在最低点的粗树杈上，会在那里想点东西，比如，我为什么到这个世界上来？我与别人不同吗？

当然站在高一点的树枝上能看到邻家的院子。每当站在高处四下张望，姥姥就喊我下来，说我太调皮了，让我不要爬那么高。

有时看到蚂蚁顺着树向上爬，我会捉住它们中的一只，跟它说说话。今年夏季某天，有朋友说起在原来的陈庄修建的生态农业园，那里有几百棵树龄三四年的桑葚树。他说自己老家的村子紧邻陈庄，小时候也曾看到桑葚树下有众多蚂蚁，我说，应该是桑葚的甜味引来的蚂蚁聚集。于是想起小时候跟那些爬树讨生活的蚂蚁说话的情景，一晃那么多年过去了，时光真是一个神奇的东西。现在我在农业园里看到这些古老的桑葚树，它们一棵棵在田野里生长着，我跟这里的员工说，你们怎么会不敬畏它们呢？你们才活了多少岁，而它们已经见证过几百年的时光了。

巨大的院子和巨大的桑葚树。所以在这棵桑葚树上，小时候的自己感到很渺小，而树在我的面前好像一座巨大的移动迷宫。它每天都在变化生长，长出不同的叶子，我听到它的根在地下生长的声音，它们相互之间叽叽喳喳地说着话，我一边使劲听，一边在长大。小鸟跟我抢夺桑葚，它们发出叽叽喳喳的叫声。清晨洒满阳光的院子里，最东边的是苦楝树，秋天它的果实让人苦恼不已，尽管如此，还有鸟儿会去啄食。

相对于前院的"移动迷宫"，后院是"丛林探险"。我家后院有很多的灌木，还有菟丝子等各种藤蔓植物缠绕其中。每一次进入后院都是一次探险，秋天到冬天长了红色的可能叫冬珊瑚的果子，小小的浆果，有些甜腥的味道，偶尔摘几颗吃掉。在那些树与树之间的多年落叶和散落的树枝中，好像有爬过去的蛇类动物，一阵阵寒意之后就很快跑出来喘口气。小时候的后院也同样神秘、未知，还充满了恐惧。杜鹃也称作布谷鸟，在后院里不停地叫着，冬天里树杈上猫头鹰的叫声更是瘆人。不过只要待在屋子里就感觉很安全，所有的恐惧感都是暂时的。后院里也有开花的草类植物，不时会看到小花儿开放着。小时候的一切神秘猜测反而像是想象中画家笔下开满花朵的园子，所以，我很喜欢读鲁迅的《从百草园到三味书屋》，感觉自己找到了与文学大师同样的感受。

不知何时，我家前院的桑葚树没有了，仿佛一夜之间我见不到它了。

大概因为要各种修建，不得不把占了太大空间的大桑葚树迁走。我常常在梦里见到它。我更小的时候淘气，被大人训斥之后哭着哭着就在大树下睡着了，夏天的阳光灼热，因了它而让我得到庇护。我也想念那些蚂蚁，不知它们到哪里去讨生活了。

　　于是，还是顽童的我不改喜欢吃桑葚的习惯，桑葚熟的时节，我和几个伙伴一起去别人家偷盗。我记得最清楚的是两家，一家在村子的最东边，他家大桑葚树在院子的东南角，有部分枝条伸到院墙外，院墙外是麦地，我们经常去那里摘食。还有一家在村子的最东北角，情况与第一家相似，那棵大桑葚树在院子的西北方向，部分树枝伸到院墙外，墙外是庄稼地，我们就在院墙外偷桑葚吃，毕竟年少没有那么大的胆子，大摇大摆翻进院子里偷。不过有一次确定那家人都到田里劳作院子里是无人之境后，我和几个伙伴真的翻进院子里。我第一步却是蹲到粗粗的树杈上去了，在那里我想起自己家的那棵大桑葚树，那时不用偷偷摸摸可以光明正大地随心所欲地吃桑葚，还能悠闲地躺在树杈上想事情。唉，这日子没有了，很多东西在拥有时并不觉得珍贵，这种想法在那时就真真切切地感觉到了。

　　那天和朋友去了农业园，在园子里我们这群人都变作了小孩子，我也像小时候带着伙伴们闯进别人院子里一样。不过，这次不是偷吃人家的桑葚而是被邀请去的，走到最后一棵桑葚树时，我坐到树杈上拍了一张照片，看这时光流逝，少年变成了中年，而桑葚树却一直在等待着我们，它们一直都在那里——只要你不来，我们就等着。扶着大树想象它们等待的时光，我们等待的时光，哦，我喜欢一个词——沧海桑田。在以农业为主的人类的行迁活动中种上桑树的大地就是我们的田园，对这片大地和田园最好的记录者应该也是桑树。我常常想象几百年前的情景，陈庄的人们在夕阳将落时，会在自己的庄稼地的旁边，或者走几步到黄河的堤岸上，看着滔滔滚滚的黄河，看着夕阳在河水里形成的金黄色的迷人光线，闪闪烁烁的，他们向东而坐，背靠自己的家园——这片桑树园。我的老家和陈庄一样都在古黄河流经的路线上，所以，我的老家与陈庄有相似的桑葚园。这里有历史的轨迹，也有历史的渊源，源远流长之下，我在这里也能感受故乡的味道、故乡的样貌，那种亲切与熟稔油然而生。

还有一个词是桑梓，《诗经·小雅·小弁》里说："维桑与梓，必恭敬止。靡瞻匪父，靡依匪母。"在中国这片土地上，人们对田园最大的记忆就是在家的周围种上桑树和梓树，所以桑梓也代表着游子们对故园的怀念。又因为桑葚树和梓树有着相同的特点，它们都可以活几百上千年，它们的根系会长出小的桑葚树和梓树，意味着繁衍不息和繁荣昌盛，所以《诗经》所说就是要人们对家乡的桑梓恭敬，如同怀念你的父母一样的感情。

朋友说小时候在瓜园种瓜看瓜时，经常跑到陈庄的桑葚树下看蚂蚁打架。桑葚树下有两种蚂蚁，一种是体形较大的黄蚂蚁，一种是常见的黑蚂蚁。为了争夺地盘争夺食物，两种蚂蚁经常打架，有时一打就是好几天，最后就像人类的战场一样，到处是战争的惨状，尸横遍野，那些体形大的黄蚂蚁因为数量少，最终被黑蚂蚁打败了。对桑葚园的记忆在很多人那里有着不同的场景和情景，这些都融入我们的生活之中了。

我有时觉得自己正是那群蚂蚁之中的一只，甚至我们每个人都是。相对于蚂蚁来说，那棵大树无边无际，大树之外更大的是什么，蚂蚁也不知道，它们也不追究，而我们也不知这个世界是不是一座移动的迷宫。是一棵高大的树木？这棵树在怎么生长怎么变幻？我们这群蚂蚁的未来在哪里？看不到，因为太遥远了。但我们也是一群勤奋的蚂蚁，只要有希望就向上攀登，永远不知疲惫……

2. 菀彼桑柔，其下侯旬

"菀彼桑柔，其下侯旬。捋采其刘，瘼此下民"是说，桑树的叶子那么茂盛，在它下面布满了浓浓的树荫。若是捋下那些叶子，叶尽枝疏，就如同在底层的民众，有着不绝的忧虑和悲伤。

这是《诗经·大雅·桑柔》里的诗句。

"捋采其刘"算是一种掠夺吧。

有一个时期盛行"大树进城"，因为那棵几十年、上百年甚至于几百年的树，从乡村的泥土里被挖掘出来，运抵城市，让城市里的人们可以坐享这棵古老的树带来的一切便利经验，甚至虚构出一个故事和一个城市的历史，但它毁掉的是那个乡村里世代生活的人们的情感。还好，不久这种现象少了，没有了。相对而起的是各大学的园艺专业，园林绿化的兴起，还有应势而起在乡村的土地上种植的各种苗木生意。当一颗饱满的树种被种下去，这片田地被科学地计算出每粒种子长出树苗后它们之间的行距、株距等。当一棵棵小树成长起来，它们会在多大的空间享受同样的阳光雨露也都被计算得当。等到三年或五年之后它们会被买家移栽到各处去，然后又有一棵棵的小树会被种植上。

当一个生意人，你就得计算成本和利润，钱赚得越多越好。这些苗木在他们眼里全是金光闪闪的钱，没有其他，他们没有想到树木的灵魂所遭遇的。在我工作的办公大楼，前面已经绿化了，只有大楼后还有空白。进驻后的冬天，我亲眼见工人们把一棵棵大树从苗圃或其他地方弄来，它们被草帘子、塑料布等包裹得严严实实，并挂上"吊瓶"。我只在意我看到的事实，并没有去查到底是什么科学方法。猜测应该是那些树一买来就签定了成活率，所以，卖主把所有的技术告诉移栽的人。现在我才明白并不是植树节去植树树更易成活，在现代技术下，估计人们也考量到了树木的感觉，也或者有人科学地认定树木是有灵魂和感觉的。首先，大树来时有一个巨大的树根，根部带着土壤，他们要让树木相信，它还在原来已经有了深厚感情的土地上，旁边依然是它小时候一起成长的伙伴。人们给它保暖是告诉它，它还在原来的泥土里；给它挂上营养液是告诉它，虽然冬天了，光合作用少了，但还是有阳光，枝条还在坚持吸收养分，它被齐齐砍掉的头部的疼痛只是错觉，一切还在。于是坚持过了一个冬季，当春天的阳光照耀下来，它被除掉所有的装备。是啊，它不得不承认，身边还有一两个小伙伴，虽然少了，但它强壮的根部向下延伸，强壮的树干在树顶处不得不冒出粗壮的树芽来，因为它要生存。

因为忙，好些天没有注意那些树木，当我再次走到它身边，我看到了"奇迹"——那些原本粗壮的树芽变成粗壮的枝条，枝头有大片的叶子伸展着，在风中在阳光下，叶子互相拍打欢笑，迎接着就要到来的夏天。一棵、两棵，它们都在阳光下欢笑着。在夏天有雨的日子，我看到雨水拍打着它们，它们摇晃着身躯，叶片在雨声里响着旋律。哦，我放心了，我想，生命应该这样吧，只要能够生存，就欢笑着度过，迎接所有的阳光、风声和雨滴。

其实，我也在想，在我家的那棵大桑树被砍掉之前，如果能移栽到某个地方就好了，或者就是现在的陈庄，融入这里的古树群，它也就不会有孤单和死亡了。

其实，当我们这些出身乡村的学生考入大学进入城市工作，被"移植"到城市里，我们也要经历风吹雨打，雷鸣电闪，但我们也同样像那棵被移栽过来的树一样，在合适的时候展开自己的枝叶和翅膀，在阳光里舞蹈和飞翔。也许跟你从小成长的伙伴没有被"移植"过来，你也要把他们"移植"到心中，时时跟他们讲讲心里话，骂骂娘，或喝醉，或高歌，让他们陪伴着你。

我记得我老家最后面的一条街道，小时候无论何时它都是光溜溜的泥土地，我们整天奔跑在这条路上。而现在，这条路竟然长着齐腰深的青草，中间有仅能踩下两只脚的地带算是"路中路"了。白天都少有人迹，更不用说晚上了，再没有月亮高照的晚上孩子们都跑出来捉迷藏的场景了。

3. 茑与女萝，施于松上

《诗经·小雅·頍弁》，讲的是兄弟亲戚相互宴饮的故事。"茑与女萝，施于松上"，女萝，是指攀附在大树上的菟丝子，而"茑"是指一种桑寄生，就是寄生于桑葚树的攀附植物。

先回头说说桑葚吧。小时候我在桑葚成熟的季节在村子里到处找桑葚吃。有时院子里桑葚树上没了，母亲就去集市上买些回来。但洗好，可以一把一把地吃时，却觉得没有自己从树上采下来的好吃。

十多年以前，我在家自酿红酒，一年比一年精到。第三年，我看到从桑园里带来的一大筐桑葚，它营养成分不少，吃多了上火。我就想同样是水果，把它也做成酒多好。第一年的桑葚酒失败了，酿成了醋，结果那一年我家里做菜用的醋全部是桑葚醋，我很难明白是怎么失败的。第二年我又试验做桑葚酒，我琢磨着葡萄本身就是天生酿酒的水果，而桑葚缺乏葡萄的酸味和涩度，也没有天然的发酵菌。所以，我在做桑葚酒时将四十斤桑葚加入十斤葡萄，桑葚熟的季节，只有长在大棚里的葡萄熟了，而且非常贵，但无论如何我总算酿成功了桑葚酒，而且酒精度数接近15度，有一瓶放了三年都没坏掉。

后来我又想到了不加入葡萄也能做成桑葚酒的办法，这也算是秘方之一吧。

去年我用黑葚莓（野生紫桑葚树嫁接莓树而结的黑红色桑葚）做酒，比白桑葚酒好喝，补肝益肾，而且女性最为适宜，因为它能养气血，通气血。

那一年的书画艺术节，台湾书画大家李奇茂先生和夫人来到了高唐，也喝到了我的葚莓酒，他们非常喜欢，但李奇茂夫人说了一样东西让我很好奇，她说如果我再酿桑葚酒时可加入桑寄生，其营养价值会翻倍。他们走后我才开始查找桑寄生，并且回忆自己小时候在村子里找桑葚吃时，在那些或大或小的桑葚树上有没有这种植物，结果是没有。在陈庄的生态农业园里他们也找遍了那些古老的桑葚树，也没有发现桑寄生。

但我上网查到了桑寄生，说它在李时珍的《本草纲目》上被称作药品中的"上品"。当然更直接的是说广西梧州的桑寄生最好。《广西通志》载："五岭以南，绝冰雪，最宜植桑树。树上多寄生，即《山海经》所谓寓木也，而桑寄生以火药名独著，梧之长洲饶有之。"《梧浔杂佩》记："桑寄生酒出梧州，色白，味颇清洌。"

看来用桑寄生真能酿酒，我心里一阵激动。而且据记载，桑寄生高二三尺，叶互生或对生，叶圆微尖，叶面青绿，有光泽，背面有茸毛。夏秋在叶间开紫红小花，种子卵圆形。种子极小，成熟后味甜，肉质黏稠，常连种子粘在鸟嘴上，小鸟在树上擦嘴时，种子粘落树干；更多的鸟儿啄吃了果实，种子随着粪便排出，落在树干上，便生根发芽，根系深入寄主茎内，夺取水分养料，自营光合作用，过着半寄生生活。据说，用桑寄生配制出的酒有补肝肾、强筋骨之功效，是养生益寿的好产品。

看来只有能绝冰霜的地方才能长出这种桑寄生啊。我都想到广西梧州去买这种桑寄生了。这时，我却在唐慎微《证类本草》里查到了另一种说法。

《证类本草》对发展药物学和收集民间单验方做出了非常大的贡献，开创了药物学方剂对照之先河。后世的不少本草书都以此书为基础。就连李时珍《本草纲目》的撰写也以此书为基础和蓝本。而唐慎微在《证类本草》里是怎么记载桑寄生的呢？他讲了一个故事。"今处处有之。从官南北，实处处难得。岂岁岁窠斫摘践之，苦而不能生邪？抑方宜不同也？若以为鸟食物子落枝节间，感气而生，则麦当生麦，谷当生谷，不当但生此一物也。又有于柔滑细枝上生者，如何得子落枝节间？由是言之，自是感造化之气，别是一物。古人当日惟取桑上者，实假其气耳。又云：今医家鲜用，此极误矣。今医家非不用也，第以难得真桑上者。尝得真桑寄生，下咽必验如神。向承乏吴山，有求药于诸邑者，乃通令人搜摘，卒不可得，遂以实告，甚不药。盖不敢以伪药罔人。邻邑有人，伪以他木寄生送之，服之逾月而死，哀哉！"

他在这个故事里说，大家都以为现在各处都能找到桑寄生，又说小鸟吃桑寄生的种子擦落树枝间而长出，那它应当是感气而生，那么它就会如同麦上生麦，谷上生谷一样，长成同一种植物才好，又怎么成另一种东西呢？所以说，这种桑寄生只可神遇而不可强求，因为它是感造化产生的神物。有个求药的人到诸邑各处，让人为他搜集，最后也没有得到，人家就以实相告，说不能用假的桑寄生欺他。但是邻县的某个人说有桑寄生，还送给他吃，结果吃了不到一个月人就死了。

我想我更相信唐慎微在《证类本草》里的说法。我觉得越是古代人，对浩瀚的大自然的研究越透彻，越是对茫茫苍苍的大自然敬畏，比如叫作"茑"的桑寄生，他们认为这是一种神奇之物，并非人人可以求而得之。

从《诗经》到《证类本草》再到《本草纲目》，一路捋下来，这种很诗意地被叫作"茑"的植物确实有，但它通神气，难到人间。而桑寄生到底有多么美妙精华，我们还是不要去强求了。

对桑寄生进行这种深入了解，也不能说白白地激动了一阵子吧，最起码知道它只是神遇之物，也明白不知哪棵桑树上就藏着珍品，无意之中它就被我采摘下来与桑葚一起做成桑葚酒，不知什么时候这酒就忽然变得神奇了。

《诗经·小雅·頍弁》，写兄弟亲戚宴饮，说兄弟就如同茑与女萝一样相互攀附，一荣俱荣。而《诗经》中这首诗的最后一段却有些凄凉："有頍者弁，实维在首。尔酒既旨，尔肴既阜。岂伊异人，兄弟甥舅。如彼雨雪，先集维霰。死丧无日，无几相见。乐酒今夕，君子维宴。"它说现在兄弟们相聚欢宴实在难得，因为未来的日子如何很难预料，我们还能这样见面多少呢？不如就像现在这样开怀畅饮吧！

只要有美酒就有朋友，就有无数爱酒的人相聚欢饮。我想，还是让"茑"存在于《诗经》之中吧，这样我们还可以遥想一下古代人兄弟姊妹亲戚宴饮的场景，那时的他们可有喝桑葚酒？

4. 黄鸟黄鸟，无集于桑

无论是茑与女萝，还是《诗经》中的兄弟亲戚相互宴饮，应该说那首诗的时代与环境还好，宴饮也好，丝竹之声相伴，兄弟相亲相爱，都是安定生活的代表。

《诗经·小雅·黄鸟》则不是这样了。它写的是背井离乡寻找所谓美好生活的一群人，他们离开家乡本为寻找一片乐土，一个人间天堂，却发现依然是孤苦无依。

"黄鸟黄鸟，无集于桑，无啄我粱。此邦之人，不可与明。言旋言归，复我诸兄。"黄鸟啊黄鸟，你不要集聚在桑树的枝叶上，也不要啄吃我的黄粱米，一起住在这个地方的人，不能跟他们讲诚意，所以我常常思念自己的家乡，想回去与我的兄弟们一起生活。

这首诗产生于周宣王末年，其时民不聊生，战乱频仍，家人之间相互离散，相应之下，所谓礼乐之类的东西更是崩坍。夫妇之间不能相亲，兄弟之间不能相固。

据《史记》载，周宣王有过昙花一现的辉煌，但其晚年所做的错事也直接导致了周朝的覆灭。其中最大的一个错误就是他无辜地杀害大臣杜伯。杜伯说起来也是个不小的人物，是尧之子丹朱的后裔，在周宣王时有自己的封地。关于他如何被周宣王杀害，大家津津乐道于《太平广记》里的记载。周宣王有个宠妃叫女鸠，她看上了英俊的杜伯，想方设法勾引他。杜伯不为所动，女鸠恼羞成怒，在周宣王面前诬告杜伯欺侮她。周宣王听信了女鸠的话，不顾左儒的屡次劝谏，先将杜伯囚禁于焦（今河南陕县南），又派薛甫和司空锜将其杀害。

"女鸠"这个名字，就如同妲己和褒姒一样。其实"鸠"字在古代大多指斑鸠一类的鸟，我们却想到的是唯女子与小人难养也。这个"女鸠"也正好是周王朝覆灭的始作俑者之一——大家已经习惯将祸国殃民归咎于一个女人。

后来关于周宣王的死更是诡异，说是周宣王游猎圃田时，杜伯的冤魂乘白马白车，由司空锜护左，大臣祝护右。杜伯戴着红帽子从道边奔驰而来，执红弓搭红箭，一箭射中宣王心脏，周宣王脊梁折断后倒伏在箭囊上而死。我想，从心理学的角度来说，周宣王还是忌惮鬼神之说，加上杀害忠臣的心理压力，他夜夜会在梦里见到杜伯。杜伯的身影样貌不断地浮现眼前，那么真切，以致醒来也会心悸流汗不止，时间长了，就得了心脏病吧。所谓杜伯的冤魂只不过是他的幻觉而已。但是，在古代的记载当中人们最喜欢的还是这种奇幻玄妙之说。

古代的那些战争，苦了老百姓，可他们不会从地狱中逃出找到天堂一样的乐园，只能是从一个地狱到另一个地狱。所以说《黄鸟》这首民谣在咏叹民间希望的同时，更多的是表现那些无力争取幸福生活的小民的无奈。

"黄鸟黄鸟，无集于栩，无啄我黍。此邦之人，不可与处。言旋言归，复我诸父。" 关于黄鸟是聚集在桑树还是其他的树上不重要，人们要吟咏的是那种要还国与兄弟相聚的心情，还有对安定生活的向往。

黄鸟入画是很美的，辅以树枝，枝上桃花或者杏花的花蕾还未开，鸟儿就开始欢呼春天的到来。这种空灵而美妙的小鸟，眼睛明亮，身姿优美，歌声委婉动听，又易于驯养。

有一天早晨，天还没亮，我就被一群鸟儿叽叽喳喳的叫声吵醒，我想它们大概是我最常见的麻雀吧，如果真有只美丽的黄雀把我叫醒，也不枉我一大早拉开窗帘。而在我还处于蒙眬状态时，我仿佛看到老家的那棵大桑葚树，看到几只黄雀聚集在树枝上，它们歌唱得美妙动听，又仿佛带着遥远的书卷气，穿越《诗经》的时空聚到那里，分明在诉说着什么……

5. 彼其之子，美如英

《诗经》中言及桑树的诗句极多，农耕衍生出中华文明的源头和最为质朴的文化范畴——农桑文化。而诗歌中的农桑，更是有着千姿百态的变化。比如《诗经·鄘风·桑中》，写的是男女欢爱的场景。"爱采唐矣？沬之乡矣。云谁之思？美孟姜矣。期我乎桑中，要我乎上宫，送我乎淇之上矣。"

那采摘女萝的男子在哪里？就在卫国沬邑乡。他思念之人又是谁？是美丽动人的孟姜。她约我来到桑林中，邀我欢会祠庙上，送我告别淇水旁。

沬是周朝卫国都城朝歌，在现在的河南淇县，那里是《封神榜》故事的演绎地。作为周朝最大的诸侯国，卫国当年非常繁华，民谣之中的"卫风"，多产生于此地。

女萝或附于其他灌木类植物之中，或附于各种树木上，在秋天开出白色的小花，但它缠绕的样子也如同人们形容爱情一样，可以说极尽"缠绵悱恻"吧。所以《桑中》既出现了女萝又出现了桑树。当时，那位采桑的男子，经常思念一位叫孟姜的贵族女子，他们在桑林中、在祭祀的庙会上约会，又在淇水旁告别。我想，这是真实的男女相约相爱的情形，以歌颂爱情为主。否则就是男主人公对一位贵族美貌女子的妄想。他多么希望这样一位高贵而难得的美丽女子与他两情相悦。在上古时代，采摘植物与性有着某种神秘的象征性联系，所以青春期的男子会产生很多的遐想。

而《诗经·魏风·汾沮洳》载："彼汾一方，言采其桑。彼其之子，美如英，美如英，殊异乎公行。"

那汾水河流旁，来此采桑心欢畅。瞧我那位意中人，貌若鲜花朝我放。貌若鲜花朝我放，公行哪能比得上。

这首诗的主人公是位怀春的女性，她看到在汾水河畔采桑的男子那么美，就如同鲜花在向着她开放一样，于是，她说即使那些王孙贵族，又有哪一个能比得过他？

这样看来，《桑中》描写的的确不是某位男子的妄想，在《诗经》产生的年代，男女相爱，感情抒发炽热，语言表达温柔淳朴，相爱活动大胆热烈，特别是女方比男方更为主动、直率，毫无芥蒂与顾忌。同时，以原始性爱为基础的自由恋爱，是极为普遍的。就如同这首诗中的女子，她那么大胆地赞颂自己的心上人，还用复沓的句子：美如英，美如英！简直是在说：如此优秀而美貌的男子，"叫我如何不爱他！"

陆游有一首诗写道："渔翁江上佩笭箵，一卷新传范蠡经。郁郁林间桑椹紫，芒芒水面稻苗青。云边筑舍分南北，陌上逢人半醉醒。莫恨西村归路远，行前点点有飞萤。"

乡村四月间桑葚由白转红，正是成熟的季节，人们在林间吃完桑葚，就会在水田里种上水稻。

其实，在我的家乡，人们在桑葚成熟的季节，正忙于给麦子浇灌浆水。如果在这时喝下新酿的桑葚酒确实会有醉意，但是在乡间小路上行走，萤火虫已经慢慢多了起来，它们会照亮你回家的路。如果你是位"美如英"的男子，在那个年代，会有美丽的女子为你打起灯笼，照亮你前行的道路。

就这样在且醉且行的路途中，我们却遇上了另一位女子，她与一位叫氓的男子相爱并结婚，最后却不得不因他的冷漠与变心而回到自己的家乡。《诗经·卫风·氓》："桑之未落，其叶沃若。于嗟鸠兮，无食桑葚。于嗟女兮，无与士耽。士之耽兮，犹可说也。女之耽兮，不可说也。"

你们可知道桑树的叶子未落时，枝叶繁茂，色泽滋润，小斑鸠啊小斑鸠，你藏在树叶间偷吃我的桑葚。可是当那个男人不再欣赏你时，你痴迷男人不可脱身，而男子却可以轻易地离开，不再顾及夫妻间的情分。

我们遇见的这位女子，她从悲叹自己的男人轻易离弃自己到她清醒地认识到自己的处境并想改变它，不想成为男人的附庸，"淇水汤汤，渐车帷裳"，浩浩荡荡的淇水，见证了她毅然返归家乡的情景，"信誓旦旦，不思其反。反是不思，亦已焉哉！"既然已不可挽回，那么咱们就诀别吧。这女子真的是好胆魄！不由得让人佩服她的决断！

《诗经》中的女子爱时爱得荡气回肠，不爱时义无反顾地离开。爱恨如此鲜明，多情而又多慧！此时再到桑葚林中徜徉，听着喜鹊和斑鸠，还有其他小鸟在这里此起彼伏地歌唱，在桑葚花的香味里，在成熟的桑葚的味道里，穿越千年，遥想着那汾水与淇水河畔的情景。而在家乡马颊河边，我相信在那里行走的女子会带着千古的风声和笑意，带着温暖的情怀与喜悦，相聚在桑葚花开放的日子里。

我想，桑葚酒的香味也一定会让你如醉如痴，而千年亘古的岁月与沧桑正在你蒙眬的醉意中展开。今天，在冬天的寒冷中我看到夕阳那么大那么美地挂在桑树林中，真想如儿时一般在河滩边点燃起一堆篝火，火中埋上花生与地瓜，再把偷来的美酒喝上，过家家一样就过起了平凡得不能再平凡的日子。这也是万千人心目中充满希望的安宁生活吧。

/ 遗失的乡村事物

1. 霜降后的蓖麻菜

今天老妈给我送来蓖麻菜，我又尝到了那久违了的味道。蓖麻怕霜，霜降以后，蓖麻就停止生长了，那些还未成熟的嫩果、花和花蕾就可以采下来，还有枝子顶端的叶、叶茎和叶芽也都可以采。采下来用滚水烫过之后加各种调料腌制，就成了蓖麻菜。它的果和籽有点纤维，花和花蕾则面面的，有种特有的香味。

小时候，在家乡的田边地头大家都爱种上十多棵蓖麻，绿色的秆、茎和叶，成团的、黄色的花。结的是蒴果，成熟的蒴果外皮坚硬，皮外面还有又干又硬的刺。里面的蓖麻籽是椭圆形、灰花色，打开后是白色的果仁，看上去油油的，母亲说它不能吃，有毒。据说蓖麻的全身都有微毒，既可作药，也可让人中毒，但霜降之后采下的叶和花烫熟后就没有毒了。蓖麻仁生吃三粒人就会中毒而死。

蓖麻长得比玉米还高，而且枝杈很多，像棉花一样需要打杈。不知哪一年，村庄的东北角种了一大片的蓖麻，又密又高，我们小孩子进去有种到了森林的感觉，但我们怕迷路很少进去。除了霜降后吃蓖麻菜，我们不知道种蓖麻都有何用途。村子的东北面是大片的盐碱地，走过蓖麻林，后面是一条小路，可以到达河岸，岸边长满了红柳，还有一些咸草和一种我们那里叫作"碱蓬棵"的草，这种草比一般的草高大，叶子是红色的，就像红柳开的花。

在长满杂草的河堤上，有打碗花、芨芨草、苦菜，以及已经开过花的蒲公英。湿滑的河边长着稀疏的水草和菖蒲，浅浅的水流一直延伸到一座小桥前，那边的村子里有炊烟升起。对面的河岸不远处种着一大片薏仁，庄稼边上有几棵刺槐树。刺槐树边有座小屋，有位看水闸的人住在那里。他叫刘仁，他经常到我父亲看守玉米田的窝棚里找父亲聊天，他总是讲鬼故事。他讲鬼故事上瘾，没完没了，如果他懂文字，一定是位蒲松龄式的人物，还说自己最不怕鬼。

只是那年秋天霜降后，人们照常去采蓖麻的花、花蕾和嫩果,在靠近蓖麻林的河坑边发现了村子里的一名寡妇,看来她是吃了蓖麻仁后中毒死的,应该是自杀。村支书和寡妇的娘家人一起处理了后事,人们将此事渐渐淡忘,毕竟苦日子不是人人愿意熬下去的。

那一年,刘仁最后一次来给父亲讲的鬼故事,却是他自己遇见的。他夜里到蓖麻林那儿,看是否能见寡妇的鬼魂,一开始很安静,什么也没有。他刚想离开时,蓖麻林里起了一阵风,他想一定是鬼来了,吓得转身就跑,跑过小路和桥,一直跑到自己的小屋,把门插得死死的,上床将被子蒙到头上,浑身还打哆嗦。问他到底看没看到鬼,他说那倒没有,但能感觉背后有股阴风一直跟着他,仿佛还看到一闪一闪的鬼火。父亲说你自己说过没做亏心事不怕鬼,这次怎么怕起鬼来?该不是那寡妇的死跟你有关系?如果是,可麻烦了,她死在那儿的蓖麻林离你住的小屋只隔着一条小路和一座小桥,去找你的话肯定很方便。

那年初冬,一直孤身生活了三十多年还没娶上媳妇的刘仁死了,他掉进了桥下的水里。看水闸的小屋里又换了另一个单身汉。

第二年,那片蓖麻林不在了,村子里没种,不知为啥。但我们还是在自留地边上种了一些。取代蓖麻林的是一大片长得很不规则的红柳，这里一棵那里一棵，不成行不成列，但看上去那么美。那条河水依然流淌着，水流清澈得能看到一些小鱼在游动。看水闸的人又换了一个男人，同样是年轻的单身汉。水闸的小屋不远处是一大片的白杨林，秋天的风声吹过，有种千军万马的感觉。

后来人们也喜欢在自家院子里种上几棵蓖麻，权当一种农家的花草种植，空荡荡的院子里种上它们，高高大大，绿叶茂盛，花也还说得过去。我们这的院子里不宜种桑树、桃树和梨树，那剩下的只有苹果树、石榴树和枣树，种蓖麻的人家也算是突发奇想吧。贫穷的人们还会想到什么呢？只是我现在吃到霜降后的蓖麻菜，除了它本身的滋味，还有一种过去岁月里的苦涩、艰难和生活那踉跄的身影。

2. 手工粉条

乡村里的冬天无论多么寒冷，只要有猪肉白菜炖粉条就都是温暖的。

记得小时候，在冬天，我们家的猪肉白菜炖粉条的材料全是自家产的。那时候大家会种很多白菜，我们家种的白菜叫天津绿，冬天结冰之后就会挖一个地窖贮藏白菜。猪也是自家养的，夏天给它吃青草，放学后到田里割草成了理所当然的事情。另一种就是粉条了。

说起粉条，我记得小时候父亲做粉条，先是把几百斤的地瓜用机器打成浆，这些浆一大勺一大勺地被放到一个大纱布上，大纱布下放一个大的粗瓷缸，粗瓷缸是褐色的，用泥土烧制的最简易的瓷缸，一米多高。用清水冲地瓜浆，在纱布的抖动下一些更细的浆流进大瓷缸里，是非常费力气的活。但这只是制作粉条的第一步。等这些大瓷缸里的粉沉淀下来，就将清水倒掉，一大块一大块的粉就会被晾晒起来，最后成为我们现在常见的地瓜淀粉。最后一步是在大铁锅内烧好沸腾的水，像做馒头和面粉一样，把地瓜粉用清水调成一大块的粉饼，放在漏勺内，拍打粉饼，从漏勺的细眼里落下的就是生粉条。这些生粉条立刻进入沸腾的水中被煮熟，之后被迅速捞起放进一个盛满凉水的"溜溜盆"内。"溜溜盆"是方言，其实就是那个粗瓷大缸成了大盆，就像现在的洗衣盆，宽度则很大。热粉条放在冷水里一激，然后一把一把地上竿，露天晾晒。晾晒也是很重要的一步，在做粉条之前得查看第二天的天气情况，一定要是晴朗的天气，中午会有好的温度，最重要的是昼夜温差要大，也就是要早晨能结冰的天气。记得小时候一进农历十一月，天就很冷了，结冰的天气非常多。如果照那时做粉条需要的天气情况，现在大概是做不成的——现在的冬天不像小时候那么冷——因为只有结冰的天气才能把湿粉条冻干，那样粉条才不会粘连到一块，才能分散得很好，等到中午的太阳一晒，到傍晚时竿上的粉条都干了，一排排非常壮观地挂在庭院里，等待着人们收进屋里去。

现在的粉条生产不用看天气，因为现在的机器有这种装置，可以进行这种分散的操作。但很多粉条机都注明是不粘连粉条机，我甚至看到过一家企业宣传自己的粉条机说即使发霉的淀粉也能做成粉条，真是让人哭笑不得。

每年家中做粉条，除留下自己吃的一些，还做很多来卖，挣些钱。不过不容易，要在城里卖粉条，就要与人周旋。有时会有些损失，大多时候收获不小，因为经常去的那几个区域的人都知道我们家做的粉条好吃，很快就能卖光。

反正小时候自家手工做的粉条吃起来很纯正，很香，白菜糯糯的，粉条爽滑劲道，嚼起来还有地瓜的香味，当然还有猪肉的香味。

3. 猪肉

在我的记忆里，有一头大白母猪，我们家养了它很多年，主要是它每年能生很多小猪崽。有一年居然生了十三只。

夏天无论天气炎热抑或下雨，我一定要和弟弟妹妹、同伴们去田里割草，因为那只大白猪等着吃呢。我们的汗水与青草一同被放进了筐子里，还有年少时最美好最难以忘怀的时光。青草要在夏天尽量多割一些，把猪牛不能吃掉的晒干，这样到了冬天，干草搅上麦麸就是猪的食物。我们吃饭后每次涮锅水都不会倒掉，剩下的菜汤和玉米粥等，是猪吃完干食后需要饮用的东西。

等大白猪的小猪崽长到七八斤的时候，就会卖掉它们，只留下一只小猪崽，它们娘俩会生活在一个猪圈里，一同吃喝，直到快过年的时候，那只小猪崽也成了一只大白猪，大人会隔几天就议论它长肥的情况，这是要宰杀的前奏。为什么要杀自己养了一年的猪，难道没有感情吗？不会难过吗？一是，那时候养猪就是要杀了吃的，这毕竟不同于养宠物；二是，我们去田里割草时还真没有想到要杀它，而是必须给它找食物。也可能在每年年末，过节时，精力只放在可以吃到肉的兴奋上了，这些都没有想过。

只是有一次杀猪的经历很难忘记。

那一次同以往一样，父母找来了村子里专门杀猪的人，因为猪如果不一次杀死会很麻烦。很多年不明白猪杀不死会有什么麻烦。只有那一次，那个屠户失手了，被捆绑着的猪没被杀死，从杀猪台上跑下来了。本来小孩子在这时候都躲在屋子里，毕竟是血腥的场面。但是那只猪让所有人都慌了神，我们就挤到窗口透过玻璃往外看。只见那头被杀得半死的猪在我们的大院子里发疯一样跑，谁都追不上，抓不着。它一边跑，脖子上一边淌着血，同时发出惨叫声，真是恐怖极了。还有那只老母猪，它好像是感应到了什么，在它的崽的惨叫声中它死命地拱着猪栏。那场面真是不忍直视，孩子们都吓得捂上耳朵闭上眼。等外面的声音平息时，那只猪已经死了，大人们都在外面干活。从那以后我才知道，注定要被宰杀的动物，让它死得快一些也是一种人道。

我不是素食主义者，自己想吃肉却怕见血腥，就是因为小时候目睹杀猪的那个场景后心有余悸。偶尔看到母亲很利索地杀鸡，我就很害怕。母亲说，你杀鸡的时候就得狠下心来，不然鸡更遭罪。是的，我想起那只狂奔的猪，还有见过的一只未被杀死的鹅在院子里同样奔跑时的恐怖景象，简直赶得上一部恐怖片。

其实在被宰杀之前，猪一直生活得很快乐，我们以为。我们村子是大村，周围的其他村子都没有榨油厂，我们村里却有一个。那些豆饼，或者是花生饼都是榨油剩下的，我们会买来喂猪，因为吃豆饼和花生饼的猪长得快长得肥。大豆生着是不能吃的，所以榨油后的大豆饼都用来喂猪，而花生是生着可以吃的，那些好一点的花生饼还是小孩子们的零食，啃着很香。

我们家喂猪还有一样东西，就是做粉条时剩下的红薯渣。在做粉条时，用纱布过滤红薯浆，细浆都流下去了，剩下的渣子就是红薯渣。父亲说这红薯渣也很甜的，猪爱吃。我们家的猪做的奇葩事，就是在冬天，花生田里收过之后会有部分花生埋在土里，那时候我们也放寒假了，就带着猪去花生田里找埋在土里的花生。猪的鼻子其实很灵敏，只是没有人训练它这一项功能。我们就用上了，一开始故意把花生埋在它眼前的土里，引导它去拱，等它吃到第一颗香喷喷的花生后，你就不用管了，它会自己去寻找，回家之前它会吃上个半饱。

4. 野生动物

A. 野鸡

说到被宰杀的家畜家禽，就想到野生的动物，它们自由自在的。而且因为它们有着特殊的技能，人类不太容易抓到它们，它们有时趾高气扬的。前些天在高速路上见到一只野鸡，它不慌不忙，等车快接近了，才抖起漂亮的羽毛飞走了。

　　很多人小时候都有过用弹弓打麻雀的经历，再大一点，喜欢捉野鸡、野鸭、野兔。冬季是野生的鸡、鸭、兔等自由生活中最麻烦的季节，因为没有了大量庄稼地的掩护。它们生存的地点有限，多在长满野草的大片荒地，或是长满芦苇的大小池塘。我家后面大大小小的水塘里就有很多野鸡，经常会发现颜色鲜艳的羽毛在闪动，在芦苇里发出小小的动静，但等靠近它们，它们就警觉地飞走了，你永远赶不上它们的速度。有时在春天发现野鸡的踪影，它们为了保护自己先飞走了，留下刚产的蛋在草窝里。有一次我真拿出几只蛋来，留下一部分给野鸡。老妈把这几只野鸡蛋与其他鸡蛋混在一起，让抱窝的老母鸡一同孵化。当时我也有点好奇，不知道孵出来是什么情况，不是有专家说，动物会把自己第一眼看到的当作自己的妈妈吗？不知这些野鸡被孵出来之后会不会被驯化，会不会认母鸡做妈妈。

　　那几只野鸡与其他小鸡一起顺利地被孵出来了，其他小鸡小时候都差不多，毛茸茸的，有淡黄色的，有黑色的，有带花点的——像芦花鸡。只有小野鸡，豹纹一样，嘴长一点尖一点，黄色的爪子又细又长。长到一个月左右，除了一只雌的，另几只野鸡全都飞跑了。翅膀没长齐也能飞过高高的院墙？反正它们又灵活又机警。从小它们就不跟那些家养的鸡混在一起玩儿，它们相互挤在一起，或跑或跳，也从不认母鸡妈妈，它们也不像其他小鸡一样跟着母鸡跑。最后剩下的那只野鸡，老妈给它剪了翅膀，那时它的颜色已经开始变化，虽然整体是褐色的，但头和颈部有蓝色和白色相间的羽毛。那几只飞走的雄野鸡，它们现在一定很漂亮了，整个身体有着各种颜色的羽毛，颈部像戴着几个不同颜色的花环，尾巴长长的，有褐色点缀着黑色的条纹。那只野鸡没有了同伴，被剪了翅膀，在鸡群之中像是异类，它一定很悲伤。

其实它们不是鸡，严格说起来依然是鸟，它们跟鸟儿有着很多的相似之处，比如会飞，虽然飞得低些；比如眼睛，有眉纹，只是它的体型像鸡，我们才叫它野鸡。它们的本性是不受束缚的，要自由地在天地间飞奔游走。如果硬要束缚它们，它们一定不快乐，倒不如放它们回归自然。

我们家的最后一只野鸡也飞走了。在它们的原始记忆中，它们熟悉的不是鸡笼，而是大自然的东西，芦苇荡、水塘、大树，无边无际的大地，无限辽阔的天空，还有其他的鸟儿。

B. 野鸭

我们村子里有个放羊老头，他特别喜欢捉野鸭子。我不清楚他的年龄，大概五六十岁吧，劳作，风霜，艰难的生活，这些都在他的脸上刻下印记。

我也想不起他的家人，只记得他放羊时，心思却全在野鸭上。这一带有一个小型的水库，旁边是大片大片的荒地，荒地上长满了各种各样的青草。这样的自然条件中野鸭经常出没，寻食。它们爱吃小鱼、小虾、甲壳类动物、昆虫，以及植物的种子、野草的叶与茎。

无论是野鸡还是野鸭，雌的都是褐色的，不漂亮，只有雄的才有漂亮的羽毛，飞翔起来很美。野鸭在河湖的上空飞翔是很美的，其实它也是鸟儿，只不过体貌长得像家鸭而已。

跟朋友说到野鸭，一会儿话题就成了怎么做才好吃。现在人们喜欢野生的东西，野鸭和野鸭蛋都是人们渴求的，所以有些人开始养殖野鸭了。这是不是一种对自然的背离？

再说村里这位放羊的老头，可能放羊这项任务为他捉野鸭做了掩护，他真正的目的是野鸭。他放羊时看到野鸭就不再管羊了，让它们自己吃草，他就追着野鸭到处跑，追踪起来废寝忘食，有时会捉到一两只。他当然跟家人说他是意外捉到的。

可是有一次，他在追野鸭的时候把腿摔断了，上了快一个月的夹板，他都快郁闷死了。人家问他是不是放羊惯了离不开羊群了，他在心里嗤之以鼻。他在想着那些野鸭，没有他的追赶，它们也很无聊吧。有次不小心说出来，有人就对他说，你看，那些野鸭生活得自由自在的，你去捉它们，老天爷这不是在惩罚你吗？都让你摔断腿了，你还惦记着野鸭？

后来在村卫生所终于卸下夹板，他就像能呼吸了一样，他说他要去放羊，家里人谁也拦不住，再说了，那些羊总得有人去放养吃草吧。

他又开始了一边放羊一边追赶野鸭的生活，这样的生活让他意气风发。

从出门开始，他就想，已经很多天没捉到野鸭了，它们可能都熟悉他认识他了，在跟他捉迷藏。让他看到它们成群地飞，有时落下来到水里游动，有时会落在离他不远的地方，可是当他飞奔过去时，没有一只可以为他留下。他手上除了一条放羊的鞭子以外，没有更得手的对付野鸭的工具，他曾自己制作过一张野鸭网，用它捕住过体弱不灵敏的野鸭，但现在那张网也没有了。这次，他悄悄靠近掉队的那几只野鸭，它们还没意识到有人靠近，还在嬉戏，啄吃着草叶。他的心怦怦跳着，像要从胸膛里出来了。他仔细观察着它们，觉得其中一只的脚有些跛，他想这次他一定要成功。他手边有一个大布包，是家里买面粉的袋子，面粉用完后，把袋子剪开，两只袋子就能缝成一只大包，可以装很多东西，那些村子里出去打工的人，就用这样的大包当作旅行袋，一样可以装进日常的很多用品。他看准时机，把大包向那几只野鸭抖开，并迅速地上去将包压住，但有好几只野鸭还没等他扑上去，就挣开大包飞掉了。望着它们飞去的背影，他以为这次又完蛋了。抱着侥幸心理，他压住三个角，从最后一个角掀开看，一个小缝一个小缝地开。然后，他惊喜地发现有一只野鸭被罩住了，正是他注意了很久的那只像是跛了脚的野鸭，它在大包灰色的暗影中绝望地看着他。他伸手捉住它，它几乎没有过多挣扎就被抓住了。他欣喜地观察它，看看它的脚，到处都好好的，并不是跛的。可是，它为什么没有飞起来，是它太笨了吧？这是只雌鸭，他摸到它的屁股时，以他很多年前养家鸭的经验，他断定这只野鸭还有半个多小时就下蛋了。它一定是为了这只蛋而没能灵敏地逃跑，更是为了这只蛋放弃了挣扎。

那一天回家的路上，他遇到了另一个放羊老头，对方调笑说，听说你捉野鸭摔断腿了，你追它干吗呢？它飞那么高，你怎么能捉到呢？

老头下意识地摸了摸塑料大包，想起来，他已经将那只野鸭放掉了。

可能有一种人，无论他生为贵族还是农夫，他的骨子里其实是不太平的年代里的侠客。他不去混江湖闯荡一番，他是不能生活的，他有一颗躁动的心，生平喜欢的只是不平静的动荡的生活和没由来的对安宁的恐慌。

C．野兔

每次跟人讲到野鸡、野鸭的故事，很多人会说，你家里好好养一只，咱们就可以杀来吃了，我还没尝过它们的味道呢。

冬天也是抓野兔的好季节。

有人说，在麦田里的野兔很好抓。那可能是春夏时节，因为麦子高了野兔会觉得很安全，而且它喜欢走原来走过的路，只要注意看就能知道野兔的必经之路，这样用钢丝圈做活套，高度正好可以让野兔钻进去，天一黑，野兔出来找食一定会被套住，而且它越想挣脱套会勒得越紧。有时一次能抓到好几只野兔，不过这方法太残忍了。

冬天，村子里的人们喜欢用三轮车的大灯去照野兔。这些野兔被车灯的亮光照出来，它们就会在有亮光的地方乱跑，却忘记躲到黑暗的安全处，这样就会被抓住。

还有就是下大雪之后，雪地一望无际，也隐没了一切踪迹，甚至是野兔自己回家的各种标志。它们找不到家了，像被遗弃的孤独的孩子。白天的太阳将大雪晒化一层，到夜晚就结成薄冰。第二天早晨，村里的孩子们在雪地里奔跑着，呼喊着，这是他们最重要的节日。狂欢节一般。大片荒地甚至曾是农田的地方，那些迷路的野兔会惊慌失措地乱窜，在孩子们的围剿之下，野兔最后累得趴在地上不能动了。

现在的乡村，几个村子搬到同一栋楼去，或是年轻人出外打工，家里只剩下老人孩子。那些充满活力的乡村活动不见了踪影，在下完大雪的日子，偶见有孩子出来，也只是打会儿雪仗，他们不再像以前那样呼啸着去追赶野兔了。

大家对这些野鸡、野鸭、野兔好奇，想养活一只，但都知道，它们的天性是不受束缚的，不太可能将它们从大自然自由自在的怀抱里抢来，给它们吃的喝的，它们就会乖乖听话。实际上，它们会抗争至死。而死亡，也会是它们被捉之后唯一的命运。现在的乡村，它们还会记得这些好奇与充满活力的热闹景象吗？

5. 瓜们

并不是只有白菜猪肉炖粉条，其实里面的白菜是可以置换的，可以是各种瓜类。

记得有一年我家种了许多脆瓜，就是那种白色的很脆的瓜，可以生吃，水分很足，大小比黄瓜短一半，像甜瓜一样粗。我们生吃不了多少，还有一大堆等着吃掉。于是，就切了一大堆的白脆瓜，扔到油锅里一炒，盐放进去，大量的水分就出来了，这时放入粉条吸收里面的水分，等瓜与粉条都熟透了，相互融进味去，菜就好了。脆瓜熟后有一丝丝的甜味，加上粉条、猪肉，没有猪肉时会放一点猪油。每人分到一碗菜，蹲着的站着的，一会儿就吃光了，吧嗒吧嗒嘴，还有再吃一碗的馋劲，可是锅里已经空了。

大家还记得北瓜吗？跟咱们在超市熟知的那种金黄色的南瓜，其实没有多少区别，但你见了真物会觉得差距蛮大的，怎么说是同一类型呢？

北瓜长得很长，有时会到一米长，上半部大体是圆柱形的，不太均匀；下半部是较细长的，粗细均匀。两个半部中间就像葫芦一样有一个腰，凹进去，连接上下两部分，青绿色，有时有些白色的花斑。这样描绘下来，你更觉得它跟南瓜扯不上任何关系。可是，我们这里的乡村历来都把北瓜当南瓜吃。它不如南瓜甜，但一样面面的，煮到玉米粥里，就如同把地瓜煮进玉米粥里一样。我们都这样吃北瓜。或者，还有一种吃法，现在忽然流行起来。虽然它也面面的，但水分比南瓜足，我们会把它擦成丝，用盐腌一下，加入几个鸡蛋和一些面粉，加调料，花椒粉或胡椒粉，搅成糊，平底锅加油，将面糊平摊到锅里，煎成瓜托，这是正宗的瓜托所用原料。

母亲搬到县城的城郊居住之后，还是按以前的习惯种北瓜，她说它不娇气，产量又高。我说现在谁还吃啊，金灿灿的南瓜到处买得到。有一天，我跟母亲要一个北瓜做瓜托，她说，唉，忘了留几个了，都卖掉了，自家人都没得吃了。原来，近年来的"富贵病"比如糖尿病之类的增多，让很多吃南瓜的人吃起了北瓜，因为北瓜同样面面的，却没有糖分，热量又少，减肥的人也愿意吃它。所以它的价格就高了，来村里收购的人也多了。有一次有一个人来，说北瓜有多少收多少，价格也给得很高，比金灿灿的南瓜还高，母亲就全卖给了人家。于是，隔三岔五的，就有人到母亲的家里收购北瓜，说越是大城市越是供不应求。这事儿，真是活得久了什么都见到了。母亲说。

丝瓜这种东西也不娇气，村子里的人们最爱种。即使它的叶子生了白斑病，照样能结出很多丝瓜。后来，不知养生专家说了什么，丝瓜更是贵重了，丝瓜种多了也能赚不少钱。母亲没见过丝瓜也能卖这么贵，她都有些不相信了。

其实，我知道丝瓜的重要是因为姥姥。小时候跟姥姥一起住，那时村子里人多，相互不知为何就起了矛盾，一旦争吵起来，谁也不让着谁，因为你让了这一次，下一次对方还要你让着他。所以，村子里的人吵架无论有理无理，最重要的是不让对方的气焰压过自己。这样吵来吵去，肯定有一肚子的气。那时候，我很多次看到姥姥，她一边阿Q精神似的自我安慰，一边气得肚子鼓起来，你们见过人生气生到肚子鼓起来吗？我不止一次见过姥姥的肚子鼓起来。这时，她会自我安慰，说，不要紧，只要一碗丝瓜水就行。她会把老的丝瓜瓤子与藕一起煮水喝，她的理解就是，它们都是通气的，丝瓜瓤子干了之后不是好多网眼吗，还有藕也有孔。而且有人说这还治痔疮。别说，还真管用，喝下之后姥姥感觉良好。她们一辈子就是用这些办法来治疗内心和身体的各种不适与痛苦。对处于乡村最底层的人们，人生不过就是这样，有了再痛恨也无法解决的事，与其让自己气破肚皮，不如找到让自己缓解病痛的方法，甚至到那方法可能不管用也要相信它的地步。

现在在网上查一下，肯定有关于丝瓜瓤煮水可以治很多病的信息。当年，在乡村这可不是吹的，真的包治百病啊。不花一分钱，不上当，丝瓜瓤买不来金银，买不来富贵，却能让你气顺，一切都顺。

最后，给你们说一种瓜，南方人肯定见得少，北方人却不陌生，那就是乌瓜。它出名是因为书画大师李苦禅对它情有独钟。乌瓜是脆瓜的一种，它跟白色的脆瓜一样，基本没有甜味，或者只有淡淡的甜味，水分很足。只是通常意义上的脆瓜都是白色的，而乌瓜是乌青色的。我想，李大师所在的村子叫李奇庄，他小时候家里一定种过这乌瓜，所以，他的画笔下才会画下这种乌瓜。

苦禅大师在清华课堂上上美术课时画的一些画，《乌瓜图》《小鸟乌瓜》就有好几幅，非常生动可爱，朴素又透露着家乡的情怀。

苦禅大师还画过两只西瓜。一次，作家们来我们这里采风，我给大家讲苦禅大师为何要画这两只西瓜，当时他身处的环境如何。当年他生活艰难，靠拉车为生，看到街上有人买西瓜就垂涎欲滴，但没有钱买，后来有一次，人家贱卖了，他买了两个回去吃，结果发现一个已经"腐了"，就是熟过了不好吃，而另一个则小熟，就是有些生，总之两个西瓜都不好吃。他开始有些气愤，但一想，人的命运不就是如此吗？就如同我买了一只老钟表却总是不走一样。他在题款上说，只是因为想起了故乡，想起了故乡西瓜的味道而作这幅画，他说他不能忘了故乡，便画了这两只西瓜。

6. 扁豆花

豆角类的蔬菜不是我喜欢的，特别是那种小扁豆，因为小，有丝，豆粒过大，并有一股它特有的味，大多人不喜欢吃。但种上它，它会爬满整个院子，紫色的扁豆花开的时候很好看，沿着院墙绕满整个院子，或者是顺着豆棚在木杆上爬，花开得一层又一层。整个的夏天它只管开花，结的豆角很少。我曾写过大伯家的院子，它简直是整个村子里最美的院子，因为扁豆花。

大家可能记得大扁豆，它个长得大，豆粒却小。有时，路边摊上会卖油炸的大扁豆，这种大扁豆绿色，皮薄，扒开一边，把扁豆粒取出，填好馅料，韭菜肉、韭菜素、牛肉大葱等各种馅料。它也没有特别的气味，所以，就成了最好的馅料皮，饺子皮还要和面擀呢，这个是现成的。

但小扁豆就不行，皮是紫色的，像它的花一样，又特别厚，很难炒熟，而且有一种特别的香气，这种香气人们在味觉上都不太容易接受，所以，这种扁豆成了村子里的观赏植物。人们种上它只为了好看。豆棚瓜架下的生活也成了60年代出生的人的童年记忆。很多画家喜欢画扁豆花，也是来自这种童年的回忆吧。

只有天气略凉时，扁豆才开始结豆角，豆角是紫色的，一嘟噜一嘟噜的，也很好看。在萧条的十一月份，扁豆还在开花。现在村子里的人喜欢种它，城市小区里的人也喜欢种它，作为观赏植物，它已经很尽力了。

你听说过新娘会戴扁豆花吗？小时候，那些该回城的知青大多回去了，只有她一次次回城失败。她长得不漂亮，在农村这几年的劳作弄得跟农妇没有什么区别了。那一年，她无奈之中嫁给了村子里的一个男人，至少他还能保护她免受更多伤害。那天她是戴着扁豆花笑盈盈地出嫁的，一下子变漂亮许多，小孩子们跟着新娘又蹦又跳，大家都高兴，终于有一个城里人肯扎根乡村了。我们不知道她的笑容后面有多少痛，大概就如同把鱼尾变成双腿跳舞的美人鱼一样，脚下如同刀割一般吧。据说她结婚前精神就不太正常，结婚后她的病也没有减轻，她经常在扁豆花开的季节站在村口等待着什么人，笑容很憔悴地挂在她的脸上。而扁豆花开的时间太长了，横跨夏、秋和初冬，像凝固了似的，凝固着那位"村妇"的笑容。

7. 立秋家的向日葵

现在的村子里人们不爱种向日葵了，原因是土壤污染太严重。葵花籽甚至是十大致癌食物黑名单的第一个。因为它生长快速，易吸收土壤中的重金属铅、镉、镍等。

"景观绿肥作物"，还记得大师凡·高的《向日葵》吗？这真的是要进入观赏植物的行列？

小时候村子里哪家不种棵石榴树，再种上几棵向日葵？那几棵向日葵刚刚长出来时一点也不显眼，有时用脚踩倒它，慢慢它又活过来，并且一天一天在长高长大。忽然不注意，它开花了，我够得着那些花瓣，于是用手摸摸它们，有着丝绸般的爽滑的感觉，摸几下闻一闻手上的香味，开始想到葵花籽的香味。弟弟够不着，我托起他让他摸一下花朵，大人在另一边喊，别摸了，摸了就不结籽了。我们赶快松开手。孩子们天天巴望向日葵那大盘子似的头颅，它像是很快要被压垮了似的。天天等着向日葵熟了割下来放到房顶上、窗台上晒着。有时候葵花籽没晒干，我们慢慢地去抠葵花籽，让那些向日葵像秃了的人的脑袋。每天偷吃几粒，还怕大人发现，就每个去抠掉一点，这样吃着更香。后来能买到一大堆葵花籽，炒熟的，各种味道的，可依然不如小时候吃到的香。

立秋家里的院子里种满了向日葵，等向日葵都开花的时候，满院子都金灿灿的，让人如临仙境。开花的时候，我们经常跑去看他家的向日葵，问立秋，你家的向日葵这么多，熟了能送给我们一个吗？

立秋翻翻白眼，不说话，低头走开了。

立秋家就在我大伯家的隔壁，我们都熟悉他还是因为他的病。他的母亲说他整天对着墙壁自言自语，有时候好像在跟某个人理论，双手比画着挥舞着，让人害怕。他不爱出门，吃饭很少。眼看着他瘦弱下去，好多人出主意，有人说，可能是中邪了，应该找个"神妈妈"来看看。有人说应该让他到县城看看。在县城看病时医生说他没病，身体好好的。他们又去了省城，医生说他是忧郁症。医生跟立秋妈解释了好半天，等回到村子，立秋妈怎么也无法复述医生的话，我们就只知道一个很陌生的词：忧郁症。好像是精神上的某种病，小孩子们背后偷偷叫他神经病、疯子。而大人们则偷偷说，快三十了，还没个媳妇，能不得这病吗？后来我们猜那可能是想媳妇的病。

立秋的那一天，我们到田里去，经过一条河，因为昨天的大雨让河水都快涨满了，在哗啦啦地响着。我往河中扔入土块，它立刻沉下去都不泛起涟漪。我远远望去，田野里的那些高树上住着秋蝉，它们不停地叫着，声嘶力竭。

我们走过小桥，惊讶地看到立秋在田里干活呢。昨天晚上的风雨让田里的玉米都倒伏了，他正拿着铁锹为晚玉米培土，而且他的脸上有着笑容，我们几乎从没见过立秋的笑，只有那一天。

我们晚上到立秋家帮忙，用白纸糊成的灯笼忽明忽暗，我手拿着白布，母亲用剪子剪成一条一条的，第二天来哭丧的人在门口系到脚脖子上。我看着满院的向日葵，它们的头都被砍掉了，在月光下这个院子看上去更加阴森可怖。后来我读到《圣经》里无头骑士的故事，让我一下子想到了那个院子，那饥饿的月光下那些无头的向日葵。它们是死神啊！

现在，立秋的那天，我们在无花果树下吃着早餐，看芦花鸡在阳光下打鸣。我们都会回想起立秋那天的笑容，像是小孩子的笑容一样天真灿烂。

那一晚，河边的大树上落下了最早的一片落叶，月光下蟋蟀与青蛙在和鸣。这时，我们听到立秋妈苍凉的喊声：立秋、立秋……

无数的回声变成翅膀被风吹向天空……

/ 来自过去的问候

今年冬天我做水培地瓜，想起很多有关的往事。如果往事是一阵风的话，那一年的地瓜花就是风中的云朵，美丽并变幻着不同的形状，在风与云朵的交汇下我的回忆里下起了一阵雷雨，雷声，雨滴声，它们和风、云相互交织，变得你中有我，我中有你。

——题记

1. 父亲育苗的温床

当我们在城里闻到烤地瓜的香味，馋得要流口水时，从来没有关心过地瓜这样平凡的东西是怎么长出来的，反正就是农民在田里种出来的。

在我的记忆里，有那么一季的地瓜花，开得绚烂而美丽，在我人生中像开放的烟火一样艳丽夺目。

父亲在我们村子里是少数喜欢"琢磨事"的人。比如，他会做空心挂面，就是《舌尖上的中国》曾经记录的那位老汉做的那种很细但空心的面。有一年，他还召集起一些人来家里帮忙，偌大的院子像工厂一样，他们做起了地瓜粉条。

父亲做的空心挂面和地瓜粉条都非常好吃，原生态，那时候只懂传统的手工艺，根本不懂添加剂一类的东西。

有一年，他琢磨着育地瓜苗，育苗的时间是春分，过一个月后，这些育好的地瓜苗会被移栽到大田里去。

不懂育苗的人就要到集市上买人家育好的苗，父亲觉得这个可以赚点钱，于是就育起了地瓜苗。育地瓜苗要先垒起像土炕一样的温床，盘起的炕像冬天人们住的土炕一样，有一个烧火的地方，有火经过的通道，以及火冒出的通道。我只记得父亲偶尔让我去烧育苗床，柴火燃烧起来，热气就在整个的育苗床上流动，烟从对面的出口出去。我曾掀开育苗床上的草苫子，那时候父亲已经将地瓜种在土下，一个又一个地瓜，每个地瓜上可以发很多个芽，这些芽慢慢长大就成了苗。刚出来绿油油的苗很好看的，下面烧火是为了保持温度让地瓜以为春天来了可以发芽了，盖上草苫子既保暖又通风，确保那些小苗不会疯长干尖，也就是最上面的叶子发蔫发干。每天还要有一定的时间把草苫子掀开通光通风，但一天中哪个时间掀开草苫子，掀开多长时间，这些我都忘了。

那些挨挨挤挤的地瓜苗，它们提前享受着春天般的温暖，它们跟着温度一起走，它们鼓励着自己，努力地冒出芽并生长着，它们是一群那么有爱心的小天使，是它们召唤真正的春天到来。

当地瓜苗长到拃把长的时候就可以从炕上不停地提苗了。从长得最密的地方把地瓜苗拔出来，剩下的地瓜苗会因为有了空间长得更好更快。每二十或每十个苗为一小捆。到集市上卖的时候就是一捆多少钱。当然我们自己大田里种地瓜，也用自己育的苗。大田里耕种施肥起垄之后，每个高垄上按行间距铲些小坑（我们那里是沙土地，最适宜地瓜生长，但也会缺水缺肥等），然后把小苗放进去，浇上水，水干之后，再往小苗的土窝里再倒一遍水，等一会就将小苗扶正，周围的干土堆进去摁结实就好了。第一天如果天太晴的话这些小苗都会低着头，叶子也发蔫。但是三四天后这些小苗就适应大田的环境了，地瓜是最容易生根的庄稼，所以它们的根也很快就会在土壤里扎下并开始生长了。

看上去很简单吧？但就像我上中专时在农校里，这些所有的农民会干的活都是技术活，每一堂课会给你讲如何让这些庄稼长好。书读起来不如父亲教我们干活那么好学，觉得很枯燥，想起小时候大人吩咐干的活，每一项都很单调，但又不能不做。夏天地瓜秧已经爬满了整块地，雨量大的时候，地瓜秧的每一节都能长出虚根然后扎进土壤里，这样就要不停地到田里一垄一垄地翻地瓜秧，就是怕它们扎下的虚根时间长了成了实根，很难搜起来，这样田里只长地瓜秧，结的地瓜就小了，因为那样养分大多都分散了。我想，这些可能是农学专业的我在书里见不到的。

原来很多传统品种的地瓜很少开花，花朵也不显眼。后来种上了一种产量高的新品种地瓜，初秋时地瓜田里开了很多地瓜花，下面筒状的是白色的，颜色较浅，上面越来越深，变成粉色和浅紫色的了。

终于，我们等到了地瓜的开花季，那一季的花开得太美好，以至于到现在都会想到它们。

2. 那一季的地瓜花

就像春天在不经意之间到来一样，那一年种的地瓜都开花了，大人们都已经麻木了，只有我们这些小孩子才会注意到这个初秋的不同。我们去田里翻地瓜秧，累得手臂酸痛，想说这地瓜秧生命力太顽强，在每一个节点它都能长出根来扎进土壤中。也因此，无论是田野里这样的庄稼还是大自然里生长的野藤类植物，我都对它们有着敬畏之心。一只被人们遗弃在野外的葫芦，因为形态不太美，冬天藤条和叶子枯萎了，它才露出来。因为接近地面，它的身上沾满了泥土，又因为寒冷，它被冻僵了，我把它拿回家，在有暖气的房间里，它迅速干了，最底下在泥土里有些腐烂的地方出了黑白色的霉点，原本圆形的地方凹陷下去，瘪瘪的，一点也不美。有人会问，你怎么还留着它，这么难看。我说我也不知道为何留着它，这只饱经风霜的丑葫芦。

在离老家不远的一块菜园里，每个季节有不同的菜，黄瓜就太平常了，长老了的，继续让它长着，变成黄色的大大的黄瓜，用它做来年的种子。那一畦黄瓜到了生命的最后，藤快干枯了，叶子发黄了，每棵黄瓜秧上都会结出最后一根黄瓜。它非常瘦小而且弯曲着，因为黄瓜秧已经没有多少养分供应了，但到最后，这根黄瓜藤会用尽最后一丝力量，让这根弯曲的小黄瓜尽量长大一点。这时候去田里，可以看到生命在田野里最后挣扎的痕迹，遍地的干藤和发蔫的黄色叶子，在风中凋零的样子，还有尚在藤上的那一个个小小的弯曲的黄瓜。在以前人们肯定早已丢弃了，这两年，我亲戚做蔬菜生意，有时从田里收购来的这些弯曲的小黄瓜很快被抢购一空。我想，可能人们觉得这黄瓜长得肥肥大大时，肥水充足，但会用农药，而这最后的小黄瓜，一棵黄瓜用尽最后力量长出的，更加有机吧。很多家庭都会把它们腌制好，说这小黄瓜更香更有味道。

就在地瓜开花的那一季，我们在田里遇到了成燕，一个邻村的女孩子，她比我们大，但不知大多少岁。相对于她，我们只是黄毛丫头，对她的敬仰是因为在乡村很少有这么漂亮的姑娘，到田里干活怎么也晒不黑的白皙皮肤，美美的大眼睛。因为她家的地离我们的很近，那天她像仙女一样来到我们翻地瓜秧的田里，她告诉我们，把带着花的地瓜叶从叶茎部掰下来，细长的茎很脆，然后再掰，掰成指甲长的一段一段的，但中间有叶茎的皮连着，就如同手链一样，这样就做成了耳环的样子，将一头挂在耳朵上，就像是戴着漂亮的耳环一样。她给我们示范着，我们很快也做成了耳环，戴着感觉特别美。而她穿着小碎花的黄色上衣，戴着两只开着花的耳环走了，她奔跑的样子真美啊！

后来我们上高中上中专，直到好多年后回家看到已经不那么美的成燕，问起来，人们讲述着她的经历，说她当年谁也不肯嫁，一心想找个城里的工人，到城市里生活，不要在这乡村里整天跟庄稼打交道了。眼看着她错过了一个又一个好小伙子，同龄人都结婚有孩子了，她还在坚持着自己的"高标准"。直到有一天，她迷上了我们村的一位赤脚医生，但他已经有妻儿了，怎么办呢？她那时就偷偷当了人家的"小三"。那个时候，还没有"小三"这个词，但是她就是这么一个人，最后，赤脚医生离婚娶了她。村里人不停地议论她，离她远远的，仿佛她可以当任何人的"小三"，可以让任何男人休了自己的老婆来娶她，她就是狐狸精。对，这个词人们用得太好了，她就是这么一个人，生就了美丽成精成妖的女人。

这些年是那么漫长但又好像只是一瞬间，我们又见到了成燕，她得了绝症，骨瘦如柴，在病床上弯曲地躺着，我们要为她捐款，但她拒绝，也拒绝治疗。我们知道谁也改变不了她的决定，她说她不会在生命的最后把家里的钱全都用光，她会安然离开这个世界，不让自己的家庭和孩子跟着过穷日子，她过了一辈子穷日子了，要说她还有力量的话，这是她唯一的力量了。

生命垂危之际的成燕让我想到那只葫芦和那些弯曲的小黄瓜，她并没有多么了不起，但我总能想起她戴着两只开着地瓜花的耳环漂亮奔跑的样子。

那一季的地瓜花啊，在阳光洒落的日子里，在雨滴敲打着屋檐的日子里，那绚丽多彩的地瓜花像希望像梦想一样美丽。

3. 烤地瓜与来自地瓜窖的恐惧

地瓜这个名字不够洋气，或者说不够时尚，现在人们更愿意叫它红薯。地瓜不仅不时尚，而且确实土气，土气得你都不好意思回想起自己老家曾经有多少人的小名叫作地瓜。村里人给孩子取小名"地瓜"或"狗蛋"再普遍不过，因为它们不娇气，好生养，无论什么艰苦的环境都能生存。在我看来，这给孩子如此取小名的乡村人确实够智慧，或者说有哲学。

有时候在寒冷的冬季，呼啸的阴风将地面上的碎纸尘沙吹起，天阴沉沉的，如果阴沉得来场风雪倒好，有一场雪反而是冬季里最浪漫的场景，但是并没有雪下来。只是在萧瑟中走过的人们，这时，在路边，在某个大型超市的旁边，闻到了一股香味，这甜滋滋的香味既诱人又带着熟悉的回忆。于是，走过去向躲在地瓜烤炉后面的人买一只烤地瓜。

大家都知道，烤地瓜最好吃的时候是临近过年的时候，也就是说在冬天快要结束时它最好吃了，因为刚刚刨出的地瓜太哏，它要在很长的一段时间内，就如同酒的发酵一样，自身进行一场大的转变，让它身内的淀粉转化为糖分。这样当一只地瓜被放上烤炉之后，在它外焦里嫩之时，里面会有汁水出来，这渗出皮外的汁水都很甜。所以，这样一只表面上憨憨厚厚的地瓜其实是很机智的，它要等待那个有耐心的人来品尝它香甜的滋味。

很多从小在乡村生长起来的人，大都知道第一块烤地瓜的味道，那是自己的母亲在烧锅做饭时，在你的央求下将一只地瓜埋进还带有火星的灰土里。等饭做好，灶头里再没有火星，你将埋在火堆中的地瓜扒出来，拿在手里时它还滚烫着，你连换着两只手，也不肯将它放下，因为你的舌尖已经预期感受到了它的滋味。

今天是春分了吧，外面的植物已经喧嚷得很响了，迫不及待地伸出的叶芽想伸展成叶片。这时代的脚步永远不肯稍微停驻一下，让我再回想一下一块红薯的前生今世，这微小的事物正在我的内心深处蠢蠢欲动，它还不想就这么结束了。哦，此时，我却想起了儿时的噩梦之一，那就是地瓜窖。相对现代人来说那绝不亚于看恐怖片。

地瓜有两种存放方式，一是切成片晒干，二是放进地瓜窖中。收获的地瓜越多，窖挖得越大越深，天冷了存进去的时候小孩子们不知道，只知道那些地瓜已经到了暖烘烘的家里，四面都是暖暖的土围着它们。它们相互挤挨在一起，非常舒心满意，它们一个个都在努力成为被人们称颂的那个样子，温度适宜了，时间是个问题，现在能帮助它们的只有时间。但某一天地窖开启了，大人把一个小孩子放在筐里用绳子放下去，他的任务就是拿一筐或两筐地瓜上去，因为人们已经没有吃的了，要用它们煮饭吃。孩子下来之后，将最上层的地瓜装进筐里，喊一声，筐被拉上去，再装一筐，喊一声，又被拉上去了。这时空筐下来，孩子到筐里去，再喊一声好了，上面开始拉绳索将他拉到地面上。我记得自己刚开始并不感到恐怖，可是当地瓜越来越少，筐下得越来越深，在放下去的途中，筐会碰到地窖的两面，就会被碰得来回晃，感觉要从筐子里掉下去。于是一边抓紧筐子两边的绳子，一边惊声大叫，担心这绳子如果朽坏不结实了怎么办，会不会直接被悬空摔到下面的地窖上。幸亏呼喊之中筐子稳住了，稳稳落地了，可是里面怎么那么黑，往上看只有一丝亮光从窖口射下来。下面只有稀少的一两排地瓜了，摸黑将它们一个个放进去，喊一声，再喊一声，再喊一声，坐进筐子里，往上提时上面用力不稳，又得再跟窖壁相碰，还得惊呼。终于从黑乎乎的地窖慢慢升上来，快看到窖口了，这时候又紧张了，大人千万别失手让筐子落下去啊。有时忽然快到了又落下去了，上下是一片惊呼，幸好没出事，终于到了窖口，到了地面上，这时候心才踏实了。进地窖的孩子要小，筐能装得下，放下去和提上来时又不太费力才行，所以，我五六岁时应该最害怕了。等换到弟弟和妹妹时，终于可以在地窖上面幸灾乐祸了，不时喊一声，看，这绳子是不是坏了？小心，下面有蛇！如同看恐怖片一样，一边吓得喊

"那鬼来了"，抱紧被子，一边还在津津有味地看着。

即使有着来自小时候地瓜窖的恐怖，但我依然挡不住烤地瓜香甜味道的诱惑，每次闻到就回忆还是孩子时，用柴烤地瓜，大家一起分享着来吃的场景。那热腾腾的地瓜总是在它憨厚不起眼的外表之下给予人们最温暖的记忆和甜美。

4. 来自过去时代的问候

今年冬天刚来了暖气，我就把一块地瓜放到温暖的地面上，过了几天，它上面生了好几个叶芽，于是我拿一个玻璃杯，将它放进去，有叶芽的朝上，下面的一头放进水里。这样，不几天地瓜的下半部分都长出了根，根越多越密，上面的叶芽长得越快，我忘了是用了多少天了，三条长的藤叶已经顺着红线绳长到天花板上了。我给它们设计了攀爬的路线，让它们恣意地生长着，屋子里的暖气，让它们误以为春天来了，是要发芽了，要生长了，于是就不停地长起来。

近来朋友圈盛传水培地瓜的消息，还说可以把地瓜叶蒸了吃，但我觉得应该水培上几十株才能蒸地瓜叶来吃吧。

说一下我水培的经验吧，特别是在地瓜的藤秧长得最快时，换水最关键，不能全用自来水换。既然一开始就让它误以为春天来了，就不要惊吓它，得让它一直感觉是在温暖的春天里，一旦它怀疑自己——宝宝心情不好，全乱了——它就不知所措了。我水培的这株地瓜，有两次的水全换成从水管接的自来水，而不是把这些水放在室内一段时间，温度和水培地瓜杯子里水的温度差不多之后再换上。所以，它不高兴了，它的根开始从白色变成黑色。后来地瓜从最下面开始腐烂，水分和营养跟不上了，我的地瓜秧上的叶子发蔫，从外面喷水什么的都不管用。我想这几支地瓜藤不能白瞎了啊，于是回忆小时候是怎么种地瓜的。我把它们剪成一节一节的，长五六厘米，然后栽到种菜的花盆里，浇上水，覆好土。第一天不让它们见阳光，第二天才晒一下，不几天它们大都活下来了，有的在老叶干掉的地方冒出了新芽。

我感谢它们都成活下来了，在我的阳台上，两个菜盆里种上的地瓜全都在十几天内冒出新芽，芽越长越大，叶子伸展开来。在这春分刚过不久的日子里，我菜盆里的地瓜开始了它这一季的生长，在阳光下，它们就像来自过去那个时代的问候，我一有时间就会到阳台上和它们说说话。跟它们说我小时候怎么去地瓜育苗床，怎么到田里栽种，还有夏天的时候去翻地瓜秧，在那里怎么见到了成燕，还有她那奔跑时婀娜的身姿，戴着地瓜花的耳环。哦，对了，你们也会开花吧？告诉我吧。我还跟它们说了我对地瓜窖的恐惧，我说，那些过去的时光怎么一去不返了呢？直到今年重新遇到你们，才想起你们的这些故事，多么温暖的时刻。我想，你们是来自过去的精灵，带着来自过去时光的问候，是吧？不然，为什么内心充满了对过去的回忆和感恩？为何在这仲春的温暖的阳光下内心如此多的感慨呢？

这个时代最不缺人生的喧闹与鼓噪，缺少的是默默地发芽、生长、开花、结果，就在它们的沉默里诉说着自己应该对这个世界所说的话，但是有的人听到了，有的人没有听到。因为外面的喧嚣声太大了，淹没了它们的声音。

而我感觉到的是大自然神奇的馈赠。麦田里，小虫子有可能也悄悄出来了，我看到各种各样的鸟儿：麻雀、斑鸠、喜鹊、鹡鸰、燕子、野雉。它们纷纷在麦田里飞翔，跃到大的树上，在那儿鸣叫，它们多么开心啊！我看到我的薄荷草发芽了，每片叶子那么肥壮，心情也跟着舒畅了，看到那棵花椒树冒出了小的叶芽，想想不久它的小叶展开散发芳香，这是多么美丽的事情！看看阳台上我的地瓜秧长得越来越高，我等着看它的每根秧藤上开满地瓜花的样子，也许还不到初秋，在夏末的日子里它们就会开花。

植物对自己最大的安慰是开出一朵美丽的花来，人生亦然。

今年冬天我做水培地瓜，想起很多有关的往事。如果往事是一阵风的话，那一年的地瓜花就是风中的云朵，美丽并变幻着不同的形状，在风与云朵的交汇下我的回忆里下起了一阵雷雨，雷声，雨滴声，它们和风、云相互交织，变得你中有我，我中有你。

乡村月光

乡村在某种意义上就像那个要求达到完美的艺术家，不去讨好献媚，独自、孤立，就以自己的姿态，不受任何观念和世事变迁的影响，不在乎谁的褒贬，就那么自我地留存于世，不受时光的侵蚀。

/ 乡村月光

冬天的月亮总是很冷清，和空气一样冷清，所以，对月亮感觉最多的应该是在夏天。小时候，大人们在大树下乘凉，不停地摇着蒲扇，小孩子们则当街乱窜，他们的笑闹声和喊叫声传出很远。而较大一点的孩子，他们不受大人的约束，会到河堤上跟邻村的孩子打土仗，用土块投掷对方，隔河分界，很有点像法国巴黎革命时的街垒战。

少年不识愁滋味，可是，在放晚自习回家的路上，月光洒下，树林悄无声息，鸟儿发出一声呓语。那时，心中会无端涌上一种朦胧的感觉，像是一种忧伤的东西，可能心中在想着未来吧。而现在呢，总是回忆过去，可是无论是展望未来还是回忆过去，在月光下，思考着一切，想着，月亮在我们的生命中代表着什么呢？这些回忆中，有一闪而过的，也有长长的不断展开的部分。也许，月亮就是一个符号，代表着我们的所思所想，代表着世间的一切，如同我进村拍下很多照片，却总是拍不下树林间射下的那一缕月光一样。那月光和那些回忆都是确实存在的，却都留不下任何影像，不能抓在手里。于是，像一切抽象的非物质的东西一样，它因此具有了精神的质地：月光就是一切，是思索是生命，也是生命留下的印迹，是一切的始与终。

当我回忆这一切，回忆树林间的那一缕月光时，想到乡村的夜，鸟儿在林中发出一声鸣叫，不知是谁惊动了它们的睡梦。月光照着麦田，照着那条小河，以及河边树木下的阴影。

读巴什拉的《梦想的诗学》，他说月亮是阴性词，而阴性词是带有梦想色彩的词，其音节充满了温馨与柔和感。还说，阴性词所带来的梦想，"给我们提供了真正的安宁……温馨，安宁，悠然自得"。是啊，月亮阴性柔美，当说出它时，就有一种陶醉和梦幻般的感觉。

小时候，也是在夏夜的月光中，一群小孩子做着一个游戏，模仿升天。也许这是一个可笑的游戏，是一个个贫穷的农村孩子能想出来的"娱乐活动"。那是在一个场院里，有一个现成土制的高台，一个很有表演天分的女孩子站在那个高台子上，做出飞翔的动作，一只手伸向天空，另一只手做平行方向的下垂。我觉得那样子好美，而我很愚笨，只有观看的分。一个男孩子演后羿，做出一副悲痛的样子（手里拿着一副可笑的"弓箭"，那是我们怀着热情用木棍粗制滥造的），望着渐渐远去的嫦娥。不知道小孩子心里到底要表达什么，那仅仅是他们从奶奶或者姥姥那里听来的故事。我后来常想，我们大概是要在坚硬的现实里面创造一个可供呼吸的梦想吧。

美丽的月光，打麦后寒碜的场院，土制的高台，一群可笑的孩子，还有月光下那些低低的农房，房子大多是土坯垒起的，上面长满了杂草，像墙头上的草一样茂盛。这些是最明显的对比。当然离场院（或者说我们的剧场）最近的房子没有院墙，它们就那样暴露在我们的视线下和月光下。院子里的晾绳挂着一件件刚洗过的衣服，虽然很旧了，颜色不甚鲜亮了，可我们还是偷偷地潜入，像真正的大盗一样，做出勇敢的样子，分工合作，有人望风，有人下手，有人接应，然后它们到了我们的剧场里，常常是两件衣服连在一起，做那演嫦娥的女孩子带着飘飘下摆的长衣。

当然我们这些孩子不仅仅是有浪漫情怀。我记得那个演嫦娥的女孩子还演过《杜鹃山》戴着镣铐出场的女共产党员。后来，我常梦见嫦娥升天的"剧情"。不过，扮演嫦娥的人换成了我自己，我不知道用了多少努力才让自己像嫦娥一样飞离那个场院，那个满是麦秸垛做观众的场院。

夏天，孩子们用他们自己的方式表达着，就像一只只小狗，在夜晚对着月亮吠叫，连它们自己也不知道到底是在表达些什么。那些"话剧"，那些难以忘怀的情景，不时地闪现在成年后的梦中，究竟那时有没有意识到"这是多么幸福的时光"？不仅仅是月光，所有的东西一旦加上"回忆"两个字，就具有了魔力，就有了所谓的"幸福"和"快乐"。

有了中国古代嫦娥奔月的故事，我们举头望月就会想到月亮里有一个嫦娥和一棵桂花树。近读日本早期的物语书《竹取物语》，里面记载了女主人公辉夜姬的故事——她是伐竹翁从竹筒里发现的三寸小人，长大后成为一个美丽的姑娘，在经历了人间的一系列戏剧性的故事后，最后也是穿上羽衣，吃了不死药而升空的。

无论是升到月亮里去的嫦娥还是辉夜姬，她们都是女子的形象。我们也都是把"月亮"当作一个阴性词来使用的。它的母性化使一个词具有梦想特征，它容纳梦想并且使梦想繁殖。

上弦月现在就挂在村子的上方，在那些静静的房屋和树木之上。它像一个亲人般，离得很近，又像忧郁的情人，离得很远，若即若离的。当你唱出一首赞美月亮的歌时，它却无动于衷，好像与它没有任何关系，可是它却总是在你的回忆和梦想里占据着重要的位置。

/ 语词如花

1. 语词如花

当我看到这一张图片上，一个村庄，在它的荒芜地带有一株小草扎下根去，上面开着一朵柔弱的无名的小花，好像一阵风就会将它毁灭，一只脚就会将它踩踏时，我仿佛看到了一个乡村的缩影，一段岁月的凝结。但它的根深深地扎入泥土之中，为一本书掀开了语词的页码。

由无名的花儿开始的书页，在这里，其实我写花儿的地方并不多，只有在写到韭菜花的时候，才一下子想到，关于衰弱的美正是本书的主题。后来又见到"语词如花"，它出自海德格尔的一本书。

语词如花，说得真好，正是对语词的最好的注解。我狭隘地理解到，它正像我写到的乡村的那些花儿，有着一种病态的美。所以它的样子才会惹人怜爱疼惜，它的香味让人踯躅不前。

而在词与物之间，是梦想在联络着彼此的情感，那是一个语词爱好者的梦幻之旅。如同巴什拉所说，在法语中桑托尔是个怪物，等给它加上一个词尾变成了桑托蕾，它就成了一朵美丽的小兰花。这是最美丽的无法言喻的变形记。这就是他说的："在对自然的研究中，有某种令人感到极其甜美的东西，这就是给所有的存在加上一个名称，给所有名称加上一种思想，并给所有思想加上一种感情和一缕缕的回忆。"当作者的笔下语词汪洋，回忆、思想、感情像一条花儿的河流时，他会陶醉在为事物命名的幸福之中。

稍后我们还能看到语词如花更加神奇的力量。

据说，桑托蕾这朵花儿还是一种良药，能够治疗肌肉撕裂。而法国女作家拉希尔德，在一则故事里让蜂拥而至的鲜花将一座平原上的一场瘟疫医治好了。她说，玫瑰用火红的嘴舐着不可腐蚀的大理石，玫瑰登上了钟塔，在多情的天空中拉响了警钟，鲜花的队伍响应了皇后的号召，要以花团锦簇的生活战胜受诅咒的大地——"先锋队喇叭花在地毯上迅跑，狂热的喇叭花托着酒杯，杯中散发出了蓝色的陶醉。"

火红的玫瑰花，多情的皇后；蓝色的喇叭花，蓝色的陶醉。就这样，在语词的帮助下，一则故事成为一场花儿的盛宴，是一座断垣残壁的废墟上最美丽的艳遇。

当喉咙疼痛时，我们会冲泡一杯金银花茶，而那些开放着的金银花伸展着枝叶，正在花园里前行。当一对情侣在忍冬的藤蔓间喃喃低语，每一朵花儿都是爱情的表白和供认，是语词在花儿中开放，秘密的缠绵的语词，甜的花蜜，在蜜蜂的巢穴里汇集。"语词被置回到它的存在的源头的保持中"，海德格尔此话是说，每一个语词的花朵都因为结果而回到它的根。

说到语词，说到语词的根部，还是要说到作家，当人们说巴尔扎克某篇小说中的章节，里面的鲜花是"墨水瓶里长出的鲜花"时，其实我们应该知道鲜花正以它固有的形式开放，点缀在词语的海洋之中。它是一个作者以最柔美的方式展现他的灵魂、他的快乐和他对语词本身的控制的体现。他让语词在大地上繁荣昌盛，让它的根伸展到大地之中，并在大地上再次开出鲜花。所有这一切都将是语词爱好者的秘密花园。是啊，每一个作家，都会拥有这样一个带着自己风格的花园，他像一个园丁在那里种植，浇灌，施肥。当鲜花盛开，人们赞美那些美丽的花儿时，也许他的脸上正露出诡秘的微笑，自得地在那里漫步和遐想。

夏天到来时，我家乡的田野中到处会看到一些小草花，打碗花，苦死驴，芦苇花，各种各样。从它们的命名就知道它们不是珍贵的，甚至是低贱的，但我觉得它们在阳光中绽放，同玫瑰一样美丽，在草丛里，同样散发着芳香，在风中传播着它们特有的话语，那也是它们告诉每一个看到它们的人的语词之花。

所有花儿的语词都是生长着的语词，而且只有在大自然中生长才更有生机，延伸着它们对这个世界的理解和注释，传递着热爱和快乐。

所以，我想，在我的这本书里，能看到乡村里零乱的杂草，草地上的房屋，房屋上的裂缝，简陋的院墙和篱笆，一条被青草淹没的乡间小路，一片风雪中的树林，一个简单的果园，等等。也许我没有能力让我的墨水瓶开满鲜花，但这些描述和图片是我回到乡村所能见到的。一小块湿润的泥土，里面有着种子的萌芽，也许它仅仅长成一朵小草花，但一样会期待夏季的阳光和雨露，等待着人们对它的重新认识和珍重，等待遍布的苦难和疼痛都过去，等待一只上帝的手将它拯救，等待着那神奇的力量让它开放。

2. 梦见了阳光的萝卜花

四月的人生大约分三个阶段，可爱的童年、羞涩的青年和犀利的中年。

童年时，四月到哪里都是大人和同龄孩子喜欢的，她长得漂亮又活泼可爱，问她什么话，她都答得天真而有趣。当时她家住在县城附近的郊区，但父母的溺爱和老师、同学的追捧，让她比城市里的女孩子还要穿着新潮、美丽大方。

四月记得十岁那年，她放学经过一片小树林。树木是春季刚刚栽种的，小树都只有大人的大拇指那么粗，在五月的阳光下，这片光秃秃的小树林中有一株萝卜花正在盛开。它是被人遗弃在泥土里的一棵萝卜，利用自身的养分长出了花叶，最粗的那条花茎上又分出了好几个分支。它们向四个方向分散开来，上面的白色花朵，细细看，在底部还有青花瓷的青色，或是浅淡的粉红。四月被这些萝卜花迷住了，她简直不敢相信，它就来源于一棵粗笨的最常见的萝卜。几十朵花儿独享着五月的阳光，萝卜花和四月都在这阳光里迷醉了，不愿意醒来。

四月毕业于师范院校，回到县城在一所小学当教师，依然漂亮的她却变得羞涩，不爱说话。即使别人问她什么话，她当场总是反应不过来，好像很木讷一样。大家都觉得她变得无趣了。她先是跟一位老师谈恋爱，因为他总是帮羞涩的她解围，让她非常感激。这段恋爱谈了足足七年，中间过程波折不断，就像七年之痒一样，男方坚决地舍弃了她，很快就跟另一个女孩子结婚生子。

四月感觉这样羞涩木讷的自己在学校里再也待不下去了。她自学法律，拿到了司法资格证，然后到一家法律事务所工作，当上了一名律师。过了而立之年，她将自己嫁给了一个饭馆的老板——油腻的胖子。但饭馆的胖子对她很好，当她在新居的高楼上醒来，上班前早餐已摆在饭桌上。这样的日子，还有不时接到的案子，让她日渐言语犀利、不留情面。

滚滚红尘中，四月已经将童年的那株萝卜花忘记了。直到某一天晚上，她突然梦到了她。在她的梦中，那株萝卜花依然像她十岁时遇到的样子，在五月的阳光下盛开，闪闪发光，她禁不住上前伸手抚摸其中一朵花儿，指尖刚刚要碰到，她就从梦中醒来了。她经常到县城郊区老家附近的那片树林，树木变大了，树林里有各种各样的鸟儿的叫声，但就是没有萝卜花。再后来老家的几间茅屋破败了，那片树林也被砍掉了，萝卜花更没有了。

她只能在梦中见到那株萝卜花。虽然也有其他的梦，不安的，伤心的，她清楚地知道这些梦的来源，也从这些梦中找寻那些不堪的现实。人生哪有不委屈的路，哪有只有阳光照耀无限光明的路，只是迂回曲折也罢，攻坚克难也罢，这些梦是人生之常态吧。更多的梦里她总是十岁左右的样子，在那株萝卜花的身边，让她错以为自己穿越时光回到了过去。梦境把过去与现在变得再也无法分割。

在四月的梦里，那株萝卜花永远盛开着。

3. 布谷鸟记住了枣花

四月在黄昏之后，城市夜灯渐亮时散步到那个小区，因为朋友约好在这里等。在这个灯光略为昏暗的小区，两边的园林绿化树飘来一阵芳香，这沁人心脾的甜美香气是什么？仔细打量才发现是枣树，她一时没缓过神来，凑近了闻闻，不错，就是枣树上枣花的香味。

四月在早晨迷迷糊糊的梦中，依稀听到布谷鸟的叫声，那么清脆地传来。她还没醒来，但她告诉自己这布谷鸟的叫声来自枣树林。

初春时节，布谷鸟催促农人该到田里劳作了。

四月走在或深或浅的雾中，村子的房屋都隐约闪现着，她在高低不平的路上走着，猛不丁一个胡同里蹿出一条狗来，她吓了一跳，狗也在浓雾里一蹦一跳地跑远了。忽然有自行车的铃声从对面传来，她赶紧躲到边上，人和自行车过去了。春分后的日子，这雾也是任性了一些。十岁的四月走在上学的路上感觉不方便吧。

下一个月就是晴天了。那是五月。走在虎奶奶家门前，她看到虎奶奶正坐在树荫下，戴着老花镜纳鞋底，她长大了才知道戴着老花镜纳鞋底是多么累。那时候她只觉得这虎奶奶像是童话中的老奶奶。她有个儿子在学校里当老师，她家的院子很大，除了北面的五间房子，东面还有几间厢房，虽然也是土坯房，但总有点不一样的感觉。院子里种了好多树，树大了成了院子里的小树林。这院子总归让人喜欢，其中还有一个原因就是夏天雨后可以在这树林里捉知了。长大了的四月曾想，当年如果没有在这座院子里捉知了，日子该是多么无趣。

但在这个五月，四月并没有在走过虎奶奶家的院子时往里看，而是绕过它，到了它前面的那条土路上。这条高低不平的路往西走就是虎奶奶家高大的院墙，这又高又厚的院墙也是村里不常见的。往西再往南的一条窄小的路通往枣树林。这个充满阳光的早晨，枣树林的枣花开了，有风吹过，在小路上就能闻到花香，而置身林中，整个身体沐浴在阳光与花香之中，仿佛梦一般不真实。但树林中布谷鸟和柳莺的欢叫声又是那么真切，那么悦耳，仿佛这个世界上最美妙的地方莫过于这里，在这里的快乐高于在虎奶奶家的林子中捉知了的快乐。这种快乐难以言表，让十岁的四月刻骨铭心，记住了枣树林和枣花。

枣树林里的枣花可以从五月一直开到六月麦熟的季节。四月也曾在旷野里奔跑，在麦田里奔跑，现在她在枣树林里奔跑着……

四月一直有一个梦想，就是学心理学，并且拿到心理咨询师的资格证，开一间心理诊所，在诊所里用一个很大的花盆种一棵枣树。这棵枣树最好四季都能开花，无论谁来到这里，只要闻到枣花的香味，就会快乐，就会忘记生活中所有的艰难和委屈，人生的不易和不幸会融化在快乐的味道里。可惜她学的不是心理学。

现在她发现这两边种植的是枣树，身体仿佛变得轻盈透明，像要飞翔起来。当远处的烧烤摊上那油腻腻的香味，那由动植物的油脂在高温下生成的香味随风传过来，偶尔盖住了枣花的香味，但终是以枣花的香味为盛。四月感觉地上的灯光都对应着天上的月光和星光，它们都如射线一般遥遥呼应，又都应和到身边的枣花上。她与它们的距离还是那么遥远，但她能以光速到达十岁的四月身边，就像风吹过湖边的水，那水波的波纹看似不大，却蕴藏着很大的能量，像是水面下有一头雄狮在怒吼一般。

她又在枣树林里奔跑着……

4. 老家的乌鸦拍打忧郁的翅膀，向阳花开

小时候，经常用的瓷器除了碗，就是一把白色大瓷壶，圆柱形，体积大到能盛一大半暖瓶水。舅舅喜欢喝茶，总是在上午就抓一把茉莉花茶，倒上热水，沏一壶浓茶，一直喝到午后，淡了，再抓一把茶进去，接着喝。记得那白色茶壶上的图案，一个白胡子的老寿星和几个红色仙桃。这把茶壶，我们家用了多年。

父亲说起自己喜欢的瓷器，他说很多东西对咱们来说都是只能看不能用的。大概就像现在说的奢侈品。在我小时候，他还在队上的戏曲班拉二胡，演出就在场院里，场院北面是村里的供销社。有一天，一个年轻人拉着他到供销社，神神秘秘地，到了那里，年轻人要人把一只粉色的瓷碗给他们看。那是小孩子才会用的碗，比较小巧。碗外面主要是粉色釉的，上面刻画着一朵向阳花，碗里面是又白又亮的白瓷。一问价钱，非常贵，两个人吐吐舌头，心里知道买不

起，但还是仔细地转来转去地看。然后，他们自己说，咱们家里的粗瓷大碗，盛粥盛得多，那才好用呢，这个太小了！

其实他们心里不知有多喜欢那只小碗。那时候村里的小剧团经常演的节目，除了《红灯记》片段，就是《我们都是向阳花》。记得后来父亲带我去看过那只碗，我们仍是看了又看，还是没买。我当时挺喜欢它的，只是现在印象并不深了。

老囤说，他曾经在演出时看到过县里棉厂职工子弟学校发给学生的奖品，一只天青釉的茶杯，大概高13厘米，口径8厘米。他喜爱的也是天青色杯身上的那一朵白色的向阳花。

向阳花，那个年代人们都这么叫，其实就是向日葵。

我在家里种上了几棵向日葵，是过年走亲戚时从亲戚家还晒着的忘记吃掉的向日葵花盘上偷到的。我在院子的东南角种了一小排，有十几棵。这可都是我忍着馋留下的种子。那时队里也会到处种向日葵，几乎是同时种上，我还给家里的向日葵多施了一些农家肥，还有从锅灶里掏出的土灰，父亲说这可都是有营养的东西。可是六月底的时候队里的向日葵花盘开得又大又圆，家里的向日葵只长出了花盘却没有开花的意思。我每天都盼着它们开花，隔一两天就浇水，为什么呢？我坐在那排向日葵前思考。"你看，在院子的东南角，南边前面人家院子后的一排大树，挡住了风，向北看，我们家自己的房子和树木也挡住了风，没有风是不行的，田里的向日葵长得好，就是通风好啊。"父亲说。

我想，真的是啊。植物就是这么一种特别的东西，它们喜欢泥土，没有泥土活不了，但它们又不想被泥土束缚。它们喜欢自由的风，当清凉的风不断地吹来，它们才开心、快乐，并成长起来。如果没有风，它们的心情一定很郁闷，所以才迟迟不肯开花吧。

我的向日葵足足到了七月底才盛开，金黄色的花瓣，大大的花盘。先是卷着的花盘里露出饱满的金黄色，开出了一两朵花瓣，然后，一夜之后很多花瓣伸展开来，十几朵花先后开放，我感到由衷的满足。

虽然花开了，但是它们并不是很精神，有点蔫蔫的，我也替它们着急，不知道怎么样才能帮到它们。"知道它为什么叫向阳花吗？因为它们喜欢阳光，会跟着太阳转动它们的花盘。可是前面的房子和树挡住了阳光，只有早晨和傍晚它们才能见到阳光。"

我坐在早晨的阳光里看着这些向日葵，明亮而又新鲜的阳光就像是一件光芒四射的衣服披在它们的身上，那些花盘都冲着太阳的方向开放着。那个时刻真的感觉很幸福，如果一株植物能在阳光的温暖照耀下盛开，真的是一件欣慰的事情。如果再有风吹来，如果再有雨点洒落，那该是多么完美啊。

向阳花真美啊，大而灿烂的样子，很无辜的样子，好像被自己身上所不该赋予的东西压抑着，它既转向它所热爱的太阳，又低下头颅，不知所措。无论是生长在泥土中散发香味的它，还是被刻到各种瓷器上的它，都一样的美丽而无辜。

/ 夏季的阳光

一次又一次站在乡村的阳光下，感受它的纯粹和力量。阳光就那么无遮无掩地倾泻下来，四周寂静，整个天地仿佛只有你与阳光在对话。你觉得自己很幸运。这时是清晨，阳光正像一头老母牛对着刚出生的小牛犊一样，伸着长长的舌头轻轻舔着它。村庄伸着懒腰，还睡意蒙眬，也许那些尚未散去的薄雾就是萦绕着它的梦吧。

阳光就在你的对面，它没有抛弃你。

在一条河沟边，可以看到茂盛的青草和夏季雨水丰沛形成的水源。这时，就有两个早起的老人与两个羊群，他们分散在河沟两侧，有时候他们会聚到一起说几句话，然后又各自离开。是呀，总还有老人和羊群眷恋着这里的阳光。

堤岸上还有刺槐树，不分层次，无人管理，一副任其生长的样子，它们便密密匝匝地挤在一块，一群麻雀被人们惊起飞到不远处。午后，这些麻雀还会成群地在果园里游走飞动。果园里还有其他的鸟雀，它们欢叫着，柳莺、斑鸠和野画眉，叫声此起彼伏，显示出夏日午后村庄的宁静。果园里的杏树和桃树种植太密，地上因此落满小的青色的果实。

午后的阳光照着苹果树顶，并透射过果园里密集的叶子，筛落下来。一场雨后，果园里湿润清凉。几乎被高大的杨树遮没的小路上，也尽是穿过树枝间的阳光。阳光就像一个胜利者占领一个个高地，将它的旗帜插遍各处。

那几棵合欢树在夜晚到来时，像含羞草一样将叶子合拢起来，与其说它感应于夜色，不如说它对阳光敏感，等阳光来到，它的叶子就会展开，恢复原来的样子。

对阳光敏感的事物很多，最富有诗意的该是梭罗曾经描述过的梦中的睡莲，在明媚的阳光下，整片整片的花朵就像一面面旗帜展开一般陡然绽放的情景。我想，那景象一定像莫奈的一幅睡莲画一样壮美。

睡莲，它的名字都那么富有诗意，怪不得诗人和画家都对它青睐有加。记得法国大画家莫奈喜欢睡莲，也画了很多睡莲的画，这些画宁静壮美，有着神秘的梦幻色彩。据说他还有一个水上花园，里面专门种植睡莲。

在这个村庄里，没有睡莲，但有同属睡莲科的水生花——荷花。这里的荷花大多是粉红色的，它们没有睡莲花瓣多而五色纷呈。不知道荷花是否也像睡莲一样随着阳光而开放，但它确是这里的平原上喜欢阳光并代表夏季到来的花儿。

荷叶在水面上铺展着，翠鸟在池塘里穿梭鸣叫着，还有一种黑白两色的水鸟在这里飞动。

阳光照耀着，就在你的对面，伸手可及。

在所有的画家中，凡·高则更直接地描述了阳光以及他对阳光的热爱，在众所周知的那个小镇阿尔，他画了很多画，据说是因为那儿的阳光让他产生了灵感。"夏季向前推移，万物兴旺繁荣。……凡是阳光照到之处，都带着一种硫黄那样的黄色。在他的画上是一片明亮的、燃烧的黄颜色。在他的画上面浸透了阳光，呈现出经过火辣辣的太阳照晒而变成的黄褐色，和空气掠过的样子。"

凡·高有一幅麦田景象的画，他喜欢阳光，喜欢乡村的阳光，阿尔和阳光造就了一位大师。"那一天，他在麦田里工作了一天，画了一幅画：一片耕过的田野，一个播种者，地平线上是一片矮小成熟的麦田，凌驾于这一切之上的，是一片黄色的天空和一轮黄色的太阳。"

老人和羊群从麦田里走过，他们和那位画了麦田的画家一样热爱阳光。

阳光就那么伸展着，在随时可以触到的地方，任凭你雕琢和修饰，它依然是那么圆润、清澈而透明。

有时，心里会很羡慕，凡·高这样的艺术家是有灵魂的，在现代，谈论灵魂是很奢侈的。所以有灵魂是很幸福的事。

你拍下了一幅麦子的照片，上面是一大片麦子，远处的村庄和树木，树木的绿与麦子的黄，以及那微带红色的村庄里的房屋。

这里的阳光，乡村夏季的阳光，有着清澈透明的美丽的翅膀，飞翔在那一片又一片的麦田之上，飞翔在农人们流满汗水的脸庞上。他们赶着车子，或者低头拾麦穗，他们的牛车拉过一个高坡，我感到牛在用尽气力，就像人们在用尽气力一样，努力爬上去。这原始的收麦景象就那么感染了你，忽然你很感动，流下了泪水。乡村的阳光呀，是多么美丽而残酷的东西，是谁赋予你那么多的色彩和内涵，那么多的痛苦、温馨和快乐？

午后的阳光虽然炽热，但它的光线那么静谧、那么温柔地覆盖在村庄和村庄的周围。它蒸腾着地面，地面像一只铁锅发出滋滋的响声，水分进入大气，在那里集聚着雨云。

阳光同样蒸腾麦子，它们成熟时就变成了阳光的颜色。

阳光总是把它所爱的东西最终染上它的颜色，就像秋天的树叶，是一种成熟而饱满的颜色，这就是乡村的阳光的禀赋、特性和力量，它有它自己的性格，它的同化作用和异化作用是共生共存的。

乡村夏季的阳光像时光一样伟大，在一种推动力下完成着它自己的塑造，不容分辨，不容妥协，带着一股勇往直前的劲头，把身边的世界彻底做了改变。

你站在乡村夏天的阳光下，把它捧在手里，审视着它，它的温暖与炽热在你的身上蔓延。什么样的生活才是最完美的生活？我们的一生该有怎样的背景？那条通向乡村的被树木遮没的小路向前延伸，延伸，在树木的阴凉里人们慢慢地走来，走来，走了许多年了，只有永恒的阳光在那里铺展，带着钻石般闪亮耀眼的光芒，为我们打开了它的胸怀，宽容地迎接每一个人、每一件事物，微小的高大的平凡的不朽的一切。

/ 乡村时光

　　我喜欢乡村保持乡村的面貌，没有楼房，没有宽大的柏油路，只有低矮的小平房，或新或旧地散落着，街头是通向各处的泥土路，村外有一条小柏油路通往镇里和县城。小柏油路两旁是高大的树木，白杨、梧桐和槐树，有一条不大的河，河堤上长满茂盛的青草，有一群羊在河堤上吃着草，这样的情景就已经不错了。当然村子里有新瓦房，也有低矮的旧房子，甚至是颓败的土坯房，只要你来到乡村还保持着一份好心情，一副欣赏的态度，这些都不妨碍乡村是一个带有清新的诗情画意的地方，是可以遥望平原感受它的辽阔和秀美的地方。

　　梭罗在他的《瓦尔登湖》的结束篇里讲了一个古代库鲁城的一位艺术家的故事：他想要做一根手杖，他到森林里去选木材，但总找不到合适的。这时，他的朋友们渐渐离开他死去了，可他却一点没老。他还没找到一根在各方面都适合的树干，库鲁城就已经成为古老的废墟；他还没有将它造出一个适合的形状，桑达尔王朝就已经结束了，他用木棍的尖头，在沙地上写下那个种族最后一个人的名字，接着继续工作。到他将那根木棍磨光时，卡尔帕已不再是北极星了；他还没装上金环和宝石装饰的杖头，梵天已睡过醒来好几次了。当他完成他的作品时，这位艺术家无比惊异地发现他的作品突然间变成梵天所创造的万物中最美的一件。梭罗说，这时，艺术家看到堆在脚边的削下的木花依然很新鲜，对于他，对于他的作品来说，从前逝去的时光只是一种幻觉，所逝去的时间一点不比梵天脑里的一个火花落下来，点燃凡人脑里的火种所用的时间多。梭罗说，这是因为他矢志不渝，坚定不移，以及他崇高的虔诚不知不觉使他永葆青春。因为他不跟时间妥协，时间就给他让路，时间拿他没办法。

于是我常想，乡村在某种意义上就像那个要求达到完美的艺术家，不去讨好献媚，独自、孤立，就以自己的姿态，不受任何观念和世事变迁的影响，不在乎谁的褒贬，就那么自我地留存于世，不受时光的侵蚀。直到很多年过去，乡村依旧是乡村，保持着它的本色。这才是最重要的。

在一个讲究速度的今天，发展，尽快地发展，城市都向大都市化靠拢。也许这时，正需要有什么东西慢下来，就像乡村，也许多少年后，我们的乡村还保持着它的特点，而人们更多地从城市涌向乡村。如同梭罗还在其后说到的，不要急于发展，不要屈从于许多影响而被捉弄。

然而，乡村的存活就在它自己里面，它的平原，一块块的耕地，简单的农具，它的果园和苹果树，它的乡间小路和宽敞的大路，它的往田里运送肥料散发臭味的牛车，它的男人女人们，顽皮的小孩子，河水沼泽，水鸟和野兔，棉花田里白色的棉花，玉米田里待收的玉米穗。夜幕降临时，也许农村的一家人正在吃饭。夏日，布满浓荫的小院里，有月光把枣树的树影投射到略有些凹凸不平的地面上，在一阵阵吹过的飒飒的风声里，树叶发出了和声，还有一盏昏黄的电灯。灯光下，一个小桌，几把小凳子，一家人围坐着，有时小孩子尖叫着跑出去，在院子里相互追赶，听到大人的斥责声才跑回来，这情景还是很温馨的。当然在这一切之上，还有乡村的各个人物。所有这一切都构成了乡村的元素，并不都是美丽的，但都是朴素简单而又实在的，只要你去感受，就一定会感觉到这一切。

再讲一个梭罗在同一篇中讲到的故事，你将会知道自己会在乡村度过一个美好的夏日，哪怕仅仅因为下面这个也很美妙的故事：一只强壮而美丽的爬虫从一张苹果树木板做的旧桌子上的一片叶子中爬出来。梭罗这样说："这张桌子放在一位农夫的厨房里已经60年了，先是在康涅狄格，后来到马萨诸塞，——从一颗藏在还要早好几年的活树里的卵里爬出，这可以从数它外面的年轮看出来，好几周来，可以听到虫咬出来的声音，也许是一个钵头的热将它孵化的。听到这个故事，谁不会感到他对复活和不朽的信心增强了？谁知道那是何等美丽，有翅的生命，它的卵已经长年埋在死的枯燥的社会生活中好几层木头下，起先是在青春的活树白木质中，这树已渐渐转化为一个外形像是它风干很好的坟，也许人类那一家人坐在丰盛的宴席周围已吃惊地听到它向外咬好几年了——说不定出人意料地从社会上最不值钱的人家送礼用的家具中出来，终于可以享受它完美的夏日生活！"

也许，从最低层来讲，"乡村"就是这样一个爬虫，看上去最衰弱也最不起眼，但是一只美丽的爬虫，它不急不躁地耐心等待着自己的机缘，积蓄着最顽强的力量；从最高层次上来说，"乡村"又像那个追求完美的艺术家，他的艺术品不受时间的限制，它一旦被造就出来，一旦完工，将是这个世界上存在最久也最完美的一件艺术品。于是，终有一天，它会在夏日里展开它美丽的翅膀，飞翔于乡村的原野上，在鲜花丛中，在小草上畅饮露珠，它把花粉从一株树带到另一株树上，然后树上将会结出甜蜜的果实。它们将共同完成乡村对夏日生活的完美注释。

/八月之魅

庄姜之美

宋人朱熹认为庄姜是中国历史上第一位女诗人。曾有一首诗写庄姜作为齐国公主嫁给卫庄公的情景，形容她"手如柔荑，肤如凝脂，领如蝤蛴，齿如瓠犀，螓首蛾眉，巧笑倩兮，美目盼兮"。后曹植的《洛神赋》中就用了"巧笑倩兮，美目盼兮"。而形容她出嫁时场面的浩大，"河水洋洋，北流活活"，就是说浩浩荡荡的黄河水见证了她出嫁时的盛大场面。

庄姜的弟弟就是春秋五霸之一的齐桓公小白，论身世家世都了不起的庄姜却得不到丈夫的喜爱。因为卫庄公早有心仪的女子，故此，悲情的庄姜成了中国历史上第一位女诗人。

而令人扼腕不止的是，这么一位美人为什么没有得到幸福美满的生活呢？看后人对她美貌的描述，"领如蝤蛴"，她的脖子像天牛的幼虫般娇嫩柔软，"螓首蛾眉"——"螓"是蝉的一种，"螓首"是指她的额广而方；蛾眉，蚕蛾触须细长而弯曲，以此来形容庄姜弯弯的眉毛。

所有昆虫的幼虫都是洁白细腻的，而蚕蛾的触须必须细长而弯曲。所以，在这个八月，我穿越千年，到达离我所住之地不远，春秋齐国国都营丘，也就是现在的临淄。我见到了尚未出嫁的庄姜，希望这位集结了所有昆虫之美的庄姜不要出嫁，告诉她将嫁的夫君另有所爱，而她的未来会有多么的不幸和悲惨。

她却说："我心匪石，不可转也。"

我曾在傍晚，穿过一片花椒树林和那片芦苇荡，在那里遥望远古的庄姜，其遭际，我不解。她的命运又何由我这一个渺小之人来解答呢？

生活和生命是一场浩劫，也是一种成就。

乡村晚风：蟋蟀的音籁

八月，立秋后，风雨交加之日，天气一下子凉爽起来。

每至八月，我的卧室总会出现一个"不速之客"——一只蟋蟀。我不知它以何种方式潜入我的房间，我的私密之所。它在夜间的灯光下毫不犹豫地跳跃、舞蹈，甚至旁若无人地鸣唱。这让我想起《森林狂想曲》，我不懂音乐，但能听到其中实录的大自然中的音律。比如鸟儿的叫声、蛙的叫声，还有各种昆虫的叫声，这里面就有蟋蟀那堪比天籁的叫声，它们的叫声可以独自成为一部音乐作品。果然，发行于1999年的台湾制作人吴金黛的《森林狂想曲》这一组轻音乐作品，第一首是各种鸟儿鸣叫、蛙声、蟋蟀的叫声等。我不懂乐器，她又加入了什么大提琴之类的声音配合这些大自然最美妙的声音。我不知道。而在《眉纹蟋蟀》里她专门为蟋蟀的叫声录了音。

还有一首不知是谁原创的轻音乐与《森林狂想曲》极为相近，背景还是鸟儿、蛙声与各种昆虫的叫声，但用了另一种很低沉的曲调，取名为《乡间晚风》。

乡村的晚风，是啊，在立秋后，特别是一场雨水过后，清凉的乡村晚风吹来，在乡村能听到各种鸟儿的叫声此起彼伏。比如，我称为"野画眉"、芦苇雀等鸟儿的叫声，以及水湾里雨水充足之后的蛙鸣，风吹过已经结穗的玉米田、已经火红的高粱地，还有那边已经摘掉果子的桃林。风吹过杨树林，那种呼啸之声；风吹过芦苇荡之后，那种千军万马的声音。各种水禽，鹭鸶、野鸭等，它们在乡村的晚风当中唱起专属于它们的歌儿。还有入夜后总是在人们的梦中唱着优美旋律的蟋蟀，它们的音籁如同催眠曲，你听到之后会进入一个又一个的梦境。那梦境每次不同，阐释着不同的人不同或相同的命运。这或者是乡村解梦师最为头痛的命题，这差不多同样的声音预示了多少不同的命运呢？这或者是会把一个释梦师都要逼疯的季节，他只能胡乱说一些让人似懂非懂的禅语，其实连他自己也不相信的这些东西，给予那些前来求释梦的人以不同的解答，甚或因此改变他人此生的命运，但这瞎眼的释梦师又能怎样呢？禅语是一部分，个人的命运是一部分，个人的努力又是一部分，他们产生了更多的歧义和解释，这已经不属于解梦师，而属于各种不同命运的个人。

我们这些侥幸获得好一点命运的人，与那些卑微之人有何不同呢？各人都有属于自己的幸运与不幸，只是其分量多寡不同。这就如同天空之下，大地之上的蟋蟀，它们发出了共同的天籁，在音调之间的叹息声中共同寻找所爱惜的过往，还有它们共同的期待，告诉我们不要忘记那一节节音符上飘荡着的乡愁。

乡村释梦师

年轻——十八岁的我如同一朵白莲花——的时候做过一个噩梦，我去找了乡村里的释梦师。

我梦见自己黑夜在一座坟墓旁，看到一块坚硬的骨头。我拿起砖头朝它砸去，只是为了试它的硬度。果然，此举震痛了我的手臂，它却毫无损伤。惊慌逃走，后面的骨头变成一条吐着芯子的眼镜蛇，醒后汗流浃背。

释梦师翻了翻瞎了的眼睛淡然地说，那是另一个你。虽然你现在无辜、善良、纯洁、美丽，另一个你却恶毒、嫉妒、仇恨、狭隘。

我感到被释梦师的话冒犯了，当时太年轻了还不会反击。但不知为何，我心中还对他略有敬畏。在那个阳光灿烂的上午（虽然他并看不到阳光，但我想他同我一样能感受到阳光的温暖和空气里飘动的带有春天味道的风），我跟他聊了很久，想知道另一个我的更多信息，仿佛他真的知晓。

多年后，我做了近乎相同的梦，只不过那里多了乡村释梦师。我隔着他同另一个我交流，我问他为何我做了同样的梦呢，二十年前我不是已经问过他了吗？

我在自己所有的梦里搜寻，哪个梦中有过这个乡村释梦师，为何现在他不期而入。时光在我的梦中像一块钟表，它的齿轮不停地扭转，风声与雨声在天空的云朵上变幻，那里有受挫的我、委屈的我、茫然无措的我，还有快乐的我，但这个可疑人物并未闪现。

搜寻进入到现实生活，我不停地想到他，思索他的变幻和言语。有过很多时刻，我不相信自己的生活会被乡村释梦师所控制，进入他所设计的迷阵。

我一度怀疑乡村释梦师并不在我们这个维度，也许在其他次元，是我们无法探究其行踪的地方。他只是很巧合地在那个时段来到我们的星球，说着我们的语言，但看不见我们的世界。那么他用什么来判断我们的世界，甚至对我的噩梦做出定论？

他存在的那个时段，应该是跟我故乡的人同呼吸共命运。别人去田里耕种、割草时，他用盲杖的引领去预测别人的吉凶和命运。仿佛他掌握着很多东西，连同村人都对他敬畏有加。当杨柳拂岸时他去了东明，当麦穗熟时他回来了，干点力所能及的活儿，等秋天的野菊花开放时他又去了五台山，他说那里有助他的修行。冬天他蜷缩在他的小窝里无法动弹，有邻居或其他人过来给他生火做饭他才得以维持生命。他曾告诫小九子不要出远门，果然那次小九子再也没有回来，回来时只是运回来的骨灰盒。人们对他更加敬畏，很多人去找他。所以，那次我才去找他，他说了很多禅语，年轻的我似懂非懂，疑心他的莫测高深是不是故弄玄虚。

有一次，我看到他闻着地上刚冒芽的小草的味道，有一次看到他用手接着从房檐滴滴答答落下来的雨水。他仰着头听着，看着，仿佛能听到和看到雨水在小院子里形成的水汽，莫非雾蒙蒙的世界他反而能看到？我看到一只蟋蟀在他的手上和身上跳跃，他能听到它那节奏感非常强的旋律？总之，他的解梦成了我关注他的理由。我在想，他何时会离开我们的星球去另一个空间生活呢？在那里他的眼睛就不瞎了。也许呢，也许正是瞎了眼睛他才能看到二次元的世界，并能预测未来，包括我的未来。

我离开村庄，乡村释梦师再也没有进入我的视野，只有这一次他的入梦，我才惊觉，我的生活中还有这么一个角色：乡村释梦师。

我试着回忆时，他的影子或明或暗地闪现，还有他的样子，我曾关注他所有的样子。

忽然，乡村释梦师那模糊而诡异的脸让我悚然，时光啊，你是何时让我、另一个我和释梦师成为一体？在这个暑气未散、夜晚清风凉爽的时候，我想在时光的河流里逆流而上，那些美丽的鹅卵石不要迷惑我，那些游动的鱼虾不要扰乱我的思绪，除掉另一个我身上的"戾气"，像十八岁如莲花一般的年纪第一次见到释梦师，我们一同听一曲乡村里的莲花落，我与另一个我在这星光满天里达成和解，一颗诗意的露珠紧连夜鸟的叹息。

20世纪的乌鸦

20世纪80年代末期，我从中专学校暑假回家，那时候已喜欢写作，不经意地到小时候经常去的地方转一转。有一天的傍晚，大概是在八月吧，已快接近假期的尾声，我骑自行车到了一座沙丘的南面。这个沙丘下有一块花生田是我们家的，儿时我经常来割草之类的。再往西就有点荒凉了，是村里开荒出来种的苹果园，那些苹果的品种不太好，结的果子也不大，但每年八月十五中秋节都会发放给每户人家。

就在那个傍晚，夕阳西下，但果树园南面荒地上落下了一大群乌鸦，它们全黑的颜色，众多，有的落在地上，有的低空飞行，都嘎嘎地叫着，那场面看起来很残忍。我想乌鸦为何这么一大群在聚集呢？难道是为了吃苹果园里的果子，它们不是以腐肉为食物吗？

我远远地望着，不敢靠近。小时候大人总是跟小孩子讲乌鸦晦气，还有一种鸟叫猫头鹰，小时候我们家大院子后面是荒草、灌木和大树，夜里经常听到猫头鹰的叫声，姥娘就捂住我的耳朵让我不要听，睡吧睡着了就听不见了。姥娘说猫头鹰也是晦气的鸟儿。所以，那时天一黑就不敢去后院，主要是怕那里的猫头鹰。

现在知道很多画家都喜欢画猫头鹰，它就像是夜间神秘的精灵守护着这个沉睡着的世界。而乌鸦并不仅以腐肉，更多是以谷类、杂粮和昆虫为食，所以那一年看到大群的乌鸦，它们是聚在一起寻食的吧。第二天去看时它们都已飞走。据说乌鸦是非常聪明的鸟类，记忆和智力超过很多同类鸟儿。比如学舌的八哥，各方面都跟乌鸦相似，只是黄色的嘴才得以区分，从而得到人们的喜爱。上小学时读到"乌鸦喝水"的故事，曾想，为什么故事里那聪明的鸟儿是乌鸦而不是别的鸟儿，村里老人们讲的不对吗？后来读卡夫卡的小说，"卡夫卡"在捷克语中是"寒鸦"的意思，卡夫卡父亲的铺子即以寒鸦来做店徽。寒鸦就是我们见到的普通的乌鸦。

在高山和森林等地更多的是一种叫渡鸦的鸟儿，它们只是比普通乌鸦体型大点，喜欢独栖，叫声特别，高亢有力，音乐性强，能发出各种不同的声音，也是智力很高的鸟儿。

无论科学怎样证明，在乡村文化的土壤里还是有一些无法祛魅的东西。比如，把不好事情的发生归咎于本不应承担的东西上。我原来住的小区与一个村庄只隔着一条大马路，村子里很多树木，小区最南面又有一排梧桐树，都长得很高大茂盛了。有一天晚上散步，我听到了很耳熟的叫声。循声而去，一只鸟儿从树上飞到前面两层小楼的楼顶上。我看着它，看得很不真切，只是一只略大一点的鸟儿罢了。我一直站在那条小路上，它从一个楼顶飞到另一个楼顶，偶尔叫上一两声，跟我小时候听到的叫声一样，只是现在我不怕了。可是第二年毫无缘由的，那排梧桐树全被砍掉了，没有去问物业，只凭猜测吧，也许不是我所想的。但有一次散步，那只鸟儿依然在那里停着，叫着，我不禁笑了，它仍是在附近找到了栖身之所。

哦，忽然想到我有那么多年没有看到过一只乌鸦了。

20世纪80年代的鸦群，它们是从卡夫卡的城堡里飞来的吗？不然，第二天竟一只也看不见。秋季粮食成熟的季节无论人们怎么赶，我想它们依然会很顽强地生存下来，凭着它们的智慧和我们不明白的鸟语。它们当时在说些什么，嘈杂的嘎嘎的哈哈的笑声，笑世间一切该笑之物，明了世间一切的好了与了了。你们在说这些吗？回眸之间它们又都乌泱泱地在那里欢笑了。

老 姜

还记得那一年看到的鸦群，以及在树林里打猎的看林人老姜，我想他错过了鸦群，那些乌鸦没有被他的土枪打中。但他的林子里有很多不知名的鸟儿，还有一个大水坑，是他在围林时挖出的，里面长了野生的芦苇和蒲草，还有秋天开着黄色花朵的植物。他一瘸一拐的怪样子，就像只乌鸦，但却是一只心地很善良的乌鸦。

第二天，离开果园时我看到了一只乌鸦，我想它是那次鸦群来访后留下的。就像现在的乡村里，年轻人出门打工，那些老乌鸦啊，老麻雀啊，都在园子里到处晃荡，一副魂不守舍的样子。

城市里见不到乌鸦了，若是看见一只倒是稀罕，在各个小公园里能看到的也大多是喜鹊与麻雀。城市里的老麻雀跟乡村里的老麻雀一样魂不守舍。

老姜年轻时做过屠夫，宰杀猪羊。据说那时候很多动物见到他都要发抖，因为他身上充满了杀气和血腥味吗？

不知哪一天，他"放下屠刀，立地成佛"，改做了看林人。有很多版本，其中之一是说，有一年他救了一位落难的姑娘并爱上了她。有一天，他想杀鸡给她补一补，从来手脚利落的他却让那只鸡流着血满院子狂奔，那情景吓坏了那位历经风霜和磨难的姑娘。有一天，她悄无声息地走了。那一晚，老姜喝着烈烈的高粱酒，吃着他宰杀并炖好的鸡肉，很久很久，人们听到一种乡村失传多年的歌谣，那沙哑的嗓音穿透了乡村的每一个角落——啊，生活再也不要被偶然所迷惑，我的心，我的心，永远是风雨中的小船，等待你的回归——可是，那位姑娘并未回归，大家也不知她其后的命运，只是老姜再也不做屠夫，他跟村主任说他要开垦荒田，种树成林。于是，他成了看林人。他背着的猎枪，我相信，他没有射杀过一只小兔或者小鸟，哪怕是偶然路过的鸦群。他终身未娶，独来独往，成就看林人老姜的传奇，他智慧而善良的一生，很多人并不曾理解与悟到的那一境界的人生。

他后来参与了将一个腐败的村主任赶下台的事，之后，很多人效仿他，他却像一位独行侠，再也不问世事。只一个人喝着烈酒，在鸟雀齐鸣的树林和苇塘里唱着歌谣，把星星落下的尘埃都装进自己的口袋。那些见识过他善良的鸟儿与动物都成了他的好朋友，他再也没有离开过看林人的小屋，像修行的瘸腿仙人般践行着看林人老姜的传奇。

看着城市里老麻雀那魂不守舍的样子，我就想给它们讲一讲看林人老姜的故事，讲一讲星光如何在一个夜晚照亮了整个树林和苇塘，所有的鸟兽都给老姜唱着那首优美的歌谣，仿佛美丽的姑娘回到了他的身边，无忧无虑，他们像王子与公主一样过着童话般的生活，这个梦照亮了他卑微的一生，在尘埃里散发芳香的一生，他成了苇塘里那株秋之魅的黄色小花朵，平凡、朴素、顽强而快乐！

另一个梦

八月，在各种昆虫的鸣叫声中，伴随着它们，我的梦也格外繁多起来。

在一个梦中，在顶端只有一线光孔的木质建筑里，那像是一个大型的图书馆，我在那里协助博尔赫斯（会有这么幸运？）将书籍用小推车推到一排排书架上，将它们分类码好，那些金光闪闪的字亮得我睁不开眼睛，将来我会在这里读到里尔克、卡夫卡，会在马尔克斯《霍乱时期的爱情》中无法自拔，会在……但是，我会在某场不可避免的战争中听从命令把某些书扔进火炉吗?

不会。但是，最怕我记忆中美丽难忘的语句会想不起来，我认为在我的脑海的某个区域，有些不该忘记的书被我用小推车推着，站在火炉前一本本将它们扔进火焰中，而我的心会跟那些纸张一样痛，那些纸上的文字像某些符号在空中四散飘动起来，像女巫撒下的咒语。

人生的恐惧与希望相同又相异，如同四世同堂的老妪，注视着每一个后代的脸庞，生怕自己有一天不记得他们。我则怕那些满满的书籍，那些陪伴我的日子消失，怕它们变成微信号再一次进入我的脑海却没有以前的感动。

记得那一年四婶得了出血热，后院田里的田鼠咬了她。不久，她的女儿也得了出血热，送到镇医院，再转县医院，大夫们束手无策。那是爆发这种病的初期，医院也不知怎么治。四叔亲手埋葬了四婶和他的女儿。在一个又一个夜里，喝着劣质的白酒，四叔的梦里构筑了一座建筑，那里是四婶和女儿一起生活的地方。四叔自言自语：她们是天上的星星偶然落下来，想来就来了，想走就走了。直到有一天，还是满天星光的夜晚，夜魅这个小妖精看着睡着的四叔，她偷走了他的梦，因为他太孤独太痛苦了。四婶和他的女儿像烟花一样消失了。夜晚，四叔再也梦不到四婶和女儿，他的灵魂飘荡着，穿过城市的高楼大厦，穿过镇里空荡荡的街道，穿过身边沉寂的乡村，没有一根树枝可以让他的灵魂落下来依靠了。

所以我把我的梦建造得很牢固，每天踩着吱嘎响着的木板。它们对我说尽管踩，它们结实着呢，筋骨响一响有助于它们运动。我把成排的书每日擦干净排好，随意抽出一本就读上半天。看到卡夫卡和乔伊斯，我就邀请他们一起吃早餐。

虽然醒来后他们没有跟我一起吃早餐，我也知道，必须把我的建筑藏好，不停地变换位置，有时惊险地挂在星星的一个角上，或是月牙的边上，或是高山的最高处，或是密林里充满鸟儿叫声的树屋旁边。

我想音响师的梦是什么？高山上的鹰翅膀扇动的声音，密林里鸟儿与昆虫的鸣叫声，河湾里青蛙的叫声，蝴蝶和蜻蜓落在叶子上的声音，花朵开放的声音，海浪声，人群里众人的嬉笑声，情侣携手跑步踏在青石板上的声音。他在他的梦里存储着它们以便不时之需。

有一半夜，我突然醒来，空气中仿佛还残留一丝丝木质地板的吱嘎声。秋天了，我向黑暗的夜回眸一笑，仿佛锦衣夜行的人只为感动夜魅，而不要捕捉我们的梦。这时，我仿佛听到一片树叶从树上落下来，它在那一瞬间飘然而落，我却听到空气中铮然一声，美的落幕像钢琴师只默然一弹，缤纷的如烟花一般灿烂，角落的知音却黯然心伤。这是否是我年龄越来越大，潜意识里恐惧记忆的衰退？所以要在大脑中建一个史无前例的图书馆，把过去与未来叠加成一本本书，寄到我的图书馆，我要把它排在书架的哪边最合适？

声在树间

草木有情，更有声，情与声都是它们自己生命里缤纷多彩的东西，同时其结局无论是否痛彻心扉，都还是美好的大团圆。

/ 声在树间

1. 花椒树

小时候在沙岗下的花生田里与父母一起刨花生，父亲说沙岗过些天就要被平了，他想移走上面的两棵野生花椒树。回家时，地排车上就有了那两棵花椒树，因为生活在沙岗这样缺水漏水的地方，它们的根扎得很深。我记得被刨下的它们，根上的土壤很少，却有着很长很发达的根系。而且它们浑身长满了铁钉一样的东西，小孩子本能地远离它们。

秋天移植的树木不一定能活吧，我想。因为这两棵花椒树不讨人喜欢，在院子里奔跑时一不小心就会被它们的钉或刺划破衣服。它们像不受欢迎的客人站在本不该它们在的地方。

但是，第二年的四月，有一天我走出家门，来到院子里，分明闻到了一股原本不属于这个院子的味道。那种香味清新又纯正，不是来自那棵榆树，也不是那棵柳树，更不是那棵枣树或苦楝树。我看到了那两棵迟迟才发芽的花椒树，对，它们刚刚发芽，有一些小叶片也是刚刚舒展的。香味就来自那里。这时的院子里麻雀在枣树上飞来飞去，乌鸦和斑鸠从后院的树林中飞来，如同精灵一般鸣叫，那声音穿透了睡梦中我策划的情节，柳莺也在柳树上欢声歌唱。

只有它们孤傲着，冷酷着，一副与世界拒绝合作的姿态，自我地生长。它们不在乎、不讨好任何人。但它们香浓的叶芽、小小的花朵和果实都凸显它们有一颗柔软而美丽的心。如同古代皇后才能居住的椒房殿，它们长不了多么粗大，不能做梁或椽，也许它们要粉身碎骨和泥土混在一起做成殿房的墙，永远散发着香味。不过，那就是它们的梦与远方吗？

2. 树间

下班的时间，在人民广场等公交车，路北面嫩黄色枝条鼓胀着芽苞的一排柳树，其中一棵上落满了柳莺，它们像麻雀一样叽叽喳喳地叫着，不知道的，还真以为是一群麻雀。

这情景从未见过。柳莺的体型只有麻雀的一半大，胆子又小，叫声也是清亮而怯怯的，所以，像今天这样群聚在一起实属罕见。我见到的柳莺都是一两只，在柳树已经长满叶子的枝条间它们可以轻易地藏身。它们有着小小的嘴，小小的清亮的眼睛，还有与柳叶相似的浅绿色背部和浅白色的腹。它们灵活地转动着身躯，小声而明亮地歌唱着春天的到来。一旦我想离它们近一点儿看清它们的样貌，它们就小心地飞走了。

如同人群聚在一起胆子会变大一样，这天的傍晚，这群柳莺真是上下跳跃，叫着飞动，我靠近了拍照它们都不离开树枝。

我在想我的小说中经常写到的叫四月的女孩子，她是否像故乡的柳莺一样来到了这陌生的城市？她朴素的衣裙轻轻扫过城中的湖水，湖水就荡漾起了波纹，就有鱼儿想跃出水面。她走过小山边弯曲的道路，两边的桃树就要开花了，花瓣有一些撒到水里，一片片的桃红柳绿。

在夜里，她手中的小提琴奏出月光的碎影，弓与弦接触的刹那，春风已随雨降落在马颊河畔。

孩子们头上的蝴蝶结飞动时，父亲弯腰咳嗽时，一代又一代的叫四月的女孩像岁月的背影渐行渐远，渐渐杳无音信，只有这声在树间的鸟儿还通晓这一切。

若奏响一曲轻音乐，那么第二天柳絮就飞上了天，就有无数的鸟儿来和鸣，就会有风——像舅舅说的一样：你看，这风都不像冬天的风，带着刀刃，这风里有春天的味道。

3. 岁月的车轮

夜里，不远处一行行灯光，还有车灯划过的街道，在11层楼上一览无余，那湖边三三两两散步的人们，我知道他们各怀心事。有桃花要开了，他们说说笑笑，这个春天就流逝了。走去湖边，要经过一大片无主的油菜花田，那里开了一些花，还不是全部，有几只喜鹊在觅食，忐忑着，东张西望，魂不守舍。南边小片杨树林上的几个喜鹊窝大概是它们的家。我总想什么时候人也像喜鹊成了半个漂泊客，还好，人们都觉得那大大的喜鹊窝是风景或者什么，没有人去动那些窝，不然喜鹊真成了漂泊客了。

是的，这一大片的开发，成就了这湖边的风景，人们黄昏时步行着，骑着自行车的母女俩很开心，还有人开车慢慢地一边欣赏一边走着。是的，世界总是要向前发展，不以很多人的意志而改变。我坐在11层楼的阳台上向各处望着时，就忽然想起了美剧《西部世界》，人类把编码程序写进了机器人中，未来的机器人像真实的人一样逼真，只不过按程序演出剧情。剧情也是早就编好了。园区的开发者扮演着上帝的角色，把他们称为接待员，即使园区主人允许的他们的伤痛记忆和即兴变化让他知道了自己的身份，并为此而痛苦，但那个叫福特的园区主人一样会归零，让他们重新回到最开始的程序。比如那个最老的美丽的女接待员，她每次被重新设定之后，就会有"自己"内心的声音说，这个世界是美好的，有人选择看到它的邪恶，而我选择看到它的美。

我常常想，这个世界每天都会发生无数的美与恶，而我们的选择是不是也仅仅是"某个上帝"的编码。这些想法看起来荒唐可笑，但是，我们到底怎么理解这个世界，包括它的善与恶，美与丑。

是的，我在湖里看到几只野鸭子在黄昏的光里戏水，有一只野鸭划开水波一溜，水花就随着它张扬地四溅开来。这景色是为我们准备的，当然也是为所有人准备的，谁都可以来欣赏它，在湖边干净的路面上走，都觉得心情愉悦。唯一与这情景不谐调的是，一个老汉赶着毛驴车，车上不知载了何等货物，他甩开鞭子，毛驴车便向西沿着人行道跑开去。望着它远去的背影，我忽然想到，当年我的父亲进城卖炒花生，因为"割资本主义的尾巴"，村子里很多人都不敢到城里来卖东西，只有父亲为生活所迫才来到城里。城里的人很少能吃到炒花生，他们一会儿就把一车的炒花生买走了，如果不被抓到，父亲会赚上"好大一笔钱"，够我们兄妹几个上学吃穿用度，度过那快乐又艰辛的日子。

每当父亲讲到这些，我都低下头去，哪怕是一家人也怕他们看到我湿润的眼睛。哦，看到这在树木间行走的驴车，就想起《父亲的散文诗》这首歌，它好像唱响在这些树木之间，还有那个赶着毛驴车的老汉，他也是一位父亲吧。站在十字路口等红灯的时候，我在想，我如果随在它们身后，是否能回到最初的场景？

4. 四无人声

欧阳修的《秋声赋》——闻有声自西南来者，"初淅沥以萧飒，忽奔腾而砰湃；如波涛夜惊，风雨骤至。其触于物也，鏦鏦铮铮，金铁皆鸣"。这段是写雨刚刚下时淅淅沥沥，而之后像海浪汹涌，又像是打在金属物品上发出铮鏦之声，这让他想到衔枚奔走去袭击敌人的军队，但又听不到号令声，好像只有人马疾行军的声音。于是让人出去看看，那人回来对他说："星月皎洁，明河在天，四无人声，声在树间。"

四月说，她上学时非常喜欢欧阳修的《秋声赋》，但当她成年后，她的第一个"秋声赋"就来了。她记得那不是秋天是在夏天，但那天的疾风骤雨就如同《秋声赋》里描写的一样，海浪一样汹涌，金戈铁马一样震撼，短时间的强暴态势让人们不寒而栗。第二天，二干渠的那条河里积满了水，除了昨夜的雨还有上游放闸涌下来的水，让河面高了很多，就是在那一天，四月的恋人立秋先是失踪了一夜，然后在下游被找到。四月当时记得他说，天阴了快下雨了，河里的鱼都在往水面上游呢，他要去钓鱼。

于是，叫四月的女孩离开老家来到了城市，忙碌的城市生活让她都不知道什么时候天下雨了，下雪了，但每当狂风暴雨的时候她都会愣愣地站在原地不动，无论是在别人的店里、超市里，还是不遮雨的别人的屋檐下，她都像被钉住了一样，她失魂了，有认识她的人都说她有失魂症。

是啊，得了失魂症的四月经常读《秋声赋》，读着读着就会落泪，别人就说：是啊，你们看，失魂症又犯了。

经常性犯失魂症的四月还跟人家讲解《秋声赋》，说这赋里的童子很厉害，这童子像是一位诗人，他用诗人般的语言说出了下雨时的情景，他不像已过知天命之年的欧阳修，他更可能看到雨后的欢腾景象。

说到这里，四月就欢笑起来，而她又说其实她就是欧阳修，她像欧阳修一样听到了秋天来临的声音，甚至听到了李清照的"凄凄惨惨戚戚"。

是的，四月早早地听到了山川草木衰败的气息，早早听到了凋零的树木结了果实，那秋天里苹果的香气，还有那必然走向冬天的自然之律。她当真像那个叫欧阳修的老头一样看着熟睡的童子，听着秋虫天籁般的鸣叫声，在"四无人声"里，听任曲子里那被叫作"命运"的人牵来扯去。

5. 草木无情

草木真的无情吗？孔子说："多识草木鸟兽之名。"每一种植物都是非常有思考价值的。我在小花园里散步，看那些榆叶梅。我仔细看着它们，虽然都已过花期，却结出了曙红色的小果子，它们一个个地散落着分布在小枝上，像海棠果那么大，却不像海棠果那么多地分布着。还有那些在园林上被俗称为"看桃"的，大家都在春天里看到它们鲜艳紫红和粉红的花朵，现在它们也都结果了，果子比一般的桃子小，毛茸茸呈红色。红色证明果子已经熟了。我摘下几颗，它们的果肉只有一层厚厚的桃皮，却没有真正的果肉，然后就是和可以吃的桃子一样大的桃核。我想这些榆叶梅，它们的果实虽然不好吃，但长得非常鲜艳，我想这是出于生殖的本能吧，它们希望鸟儿会来吃掉果实让种子落地，或带到其他地方，在那里的土壤里生根发芽。

　　细细想来，植物的行囊里装的东西可真不少，它们的花朵是一次对世人的展示，它们的叶子，比如紫叶梨，在开完白色的花朵之后，长出的是紫色的叶子，它一年三季都是紫色的。当然，还有枫树，它的叶子在秋天会变得火红，这颜色染遍了祖国的大好河山，在很多地方会看到它们的身影。还有樱花树，虽然繁茂的花朵才是它一年四季里最美的景象，但它可是用尽了一年所有的力量来开一次花。大家喜欢看它像雪一样纷纷落下的浪漫场景，却不知这是它对这个世界更多的留恋与不舍，它们的灵魂在纷纷扬扬中有了更多的牵挂和理想的光芒，让它们变得不朽起来。

　　植物的行囊里背负的很多，比如桑葚，它的行囊里不仅有叶、花、果，更有它具备的保健功能，《本草纲目》就曾给它留下要背负的东西，如此之多要怎么样才能保证真如《本草纲目》中所说的？一年，那些紫桑葚树都在冬季里一个并不特别冷的天气里冻死了，第二年从根上冒出的芽慢慢生长着，直到它仍没有误了第二年的结果，结得少了，情有可原，大家都说。所以说，作为植物你不能随心所欲，给你的行囊要背起来，在每一个季节里完成自己的使命。

我想起最近正在读的王尔德的童话——《夜莺与玫瑰》。那男孩家的玫瑰也长满了大大小小的刺。他爱上了一个女孩子，想在舞会上送给她一朵最美的玫瑰，但那不是玫瑰开花的季节，该怎么办呢？一只夜莺为男孩的爱情所感动，于是四处为他寻找一朵玫瑰，最后在男孩家的院子里，那棵玫瑰树上，夜莺让树刺破自己的心脏，然后玫瑰树开了一朵极美的花朵，那是夜莺用生命换来的。当男孩带着玫瑰送给女孩时，女孩并没有收下它，她拒绝了他。于是，在回家的路上，男孩就将那朵玫瑰扔到了一条水沟里。看到这里，我的心跟着痛了一下。植物的行囊里竟然还背负着爱情的美好与痛苦。

　　在蒲公英刚开花的时候，就一棵棵拔下来，还有荠菜，一棵又一棵，很快它们被肉馅包裹着，最后成了香喷喷的水饺。这样还好，总算得其所道，尽自己的生命成就一顿美食。生活就是这样驱赶着你，不给你任何的理由，草木有情，更有声，情与声都是它们自己生命里缤纷多彩的东西，同时其结局无论是否痛彻心扉，都还是美好的大团圆。生活就是这样给我们的。

/ 时间的痕迹

1. 那些叶子

霜降这个节气之后，是人们最能感知时间痕迹的时候。这时夜里寒风吹过杨树林，树林发出呼呼啦啦的巨大声响，能看到那些还没落的树叶，他们相互鼓励着不要离开，手牵着手，像是怕相互失散的亲人，相互大声地喊着对方的名字。

时间从我们的身上悄悄流走，年岁在我们的胳膊腿儿上留下印迹，原来听到上了年纪的人说腿疼，感觉不到那种痛苦，现在才知道那是时间的刀子在切割我们的血肉骨骼。哪怕青年，到了这个节气之后也能感受时间的敌意，秋虫也不像前些天的夜里那样一直欢畅地叫了，它们去了哪儿？是的，时间静悄悄的，但它实际上是一把锋利的刀，切割着人们身上的皮肤，疼痛却没有血渗出，却暗暗恐怖地尖叫着。

还是说那些叶子。时间的痕迹在葡萄叶子上，这时的葡萄叶边缘的那些锯齿状看得更清晰了，它们与叶子中心的绿相比变成了淡褐色，然后这褐色会越来越深并深入到叶子的中心，叶子会慢慢全部变黄变褐，或者在还没完全变黄变褐之前就落下来了，那些卷曲的叶丝也没有弹性了。在花椒树的叶子上，它们小小的叶片春天时冒得晚些，霜降时便早早僵硬了，花椒树的香味都让给了果实，它开始悄悄地隐藏自己直到来年的春天。葫芦的叶子也长出时间的痕迹，长出白斑，叶尖卷曲发黄发黑，挂着一个个小葫芦的藤蔓已经快要干枯了，但我们摘下它们时依然听到了它们疼痛的叫声，听到整个藤蔓在颤抖，青绿色的葫芦被霜打了，身上出现了斑点，已经黄褐色的葫芦也悄悄地失去了所有的水分。就连忍冬的叶子也开始变黄了一些，当然它们要慢得多，就像它们的名字一样，忍受寒冷是它们的本色，一直到冬天下雪了，藤上的叶子还发绿，直到被冻得全部掉了。比起其他的植物，它们撑得更久一些。

一场霜冻之后，香椿的叶子也已经没有了香味。

我喜欢夏天一场雨后新冒出的香椿芽，也许它身体的香气在春天已经消耗殆尽。所以，这时的香椿芽在香气中多了一份苦涩，这种香与苦同时存在的味道让我更加迷恋，在时间的行进中，树叶长出苦涩，如同生命日常规律一样。它不能只有香气没有苦涩，只是它把苦涩分配到了其他的季节里，这是生命和时间的味道。

霜降节气后乡村是什么样子？一切都已经开始萧条，那些没人照顾的房屋，狗尾巴草的叶子在屋顶晃着。立秋家更加破败了，立秋种的那些向日葵，叶子耷拉下来，仿佛立秋的手在拉着它们。它们萧索的样子像是立秋的死亡所赋予的，它们还在站立着，却诉说着什么难以言说的东西，霜降后的阳光也不能温暖它们的身体。立秋娘也用手拉着它们说话，这个情景在我记忆中经常闪回，连立秋曾经爱过的那个女孩子也身影模糊了。我仿佛看到生命的个体在这无边无际的时间的长河中湮灭，好像从来没有存在过。

2. 芦苇花

晚秋，浩浩荡荡的芦苇荡，一望无际的芦苇花在大风中飘动。我走到堤岸，在岸边的干泥土地上坐下来，四周是芦苇以及其他一些水生植物。在洌洌风中的芦苇丛中，我听到风从四面八方吹来，芦苇花倒向同一个方向，直起身又倒下，循环往复。我透过芦苇的缝隙看到不远的水塘里有几只野鸭，当我的呼吸被淹没，我能听到野鸭子无所顾忌的叫声。两只白色水鸟从空中划过，一直飞到远方。

春天，芦苇的芽刚刚冒出，堤岸那边的杏花红了，世界的盛宴开始了，好多的树木和花朵都会开放，在阳光下，哦，这阳光好像很久很久了，一直这样温暖地照耀着。接着五月的蝴蝶一只又一只地飞来，飞过这片芦苇茂盛的地方，绕着芦苇丛中盛开的野花，那些蒲公英，那些紫花地丁，闪亮着。芦苇有着自己的心事，它一节一节地生长着，它想高过那些大树，那些有着宽大的叶子，有着粗壮的枝干的大树。它想像那些树开满颜色鲜艳的花朵，想象那些蝴蝶围绕着它飞舞。它越是这样心急，长得越快，它的每一节看上去都那么细弱，还有细长的叶子都纷披下垂。

当它终于能够开花的时候已经是深秋了，但是没有蝴蝶的陪伴，也没有蜜蜂，哦，只有孤独的野鸭的叫声，只有风声陪伴着它，它们。它们等啊等啊，等到世界上所有的花朵都已经落了，才开出花来。这寂寞的花开，如此浩荡，如此无拘无束，任凭风把它的衣衫刮得飞起，直到它不再祈求那一场风花雪月的事情。

时间坐在这芦苇荡的入口，看着来来往往的一切，注视着芦苇花的开放。没有人来喝彩和庆贺，只有风声，这旷古的风声吹起了悠扬的琴音。时间就那么看着它，看着它们。它把自己的痕迹刻在芦苇荡的入口，让风声告诉它在这里，它来过，也不会走。只是它要把自己的形象刻在这细长的叶子上，这柔弱的茎干上，这一节一节的芦苇竟然这样坚韧，风吹不倒它，时间也打不垮它，打不垮它们。芦苇花肆意地盛开着，仿佛要把被世界所遗弃与忘记的一切忧怨都发泄出来。芦苇叶之间相互打着招呼，说着它们能听懂的话，芦苇花在风中歌唱，唱着这世界的荒凉，这亘古未变的忧伤，它们的根茎相连，每一次的死亡就是另一次的重生。这一片片芦苇花穿越时间，悠然地歌唱着，时间划过它们，被反弹回去，不被时间打败的物质，时间也奈何不了它。

一时之间，所有的鸟鸣声在这里聚集，我听到各种鸟儿的叫声，喜鹊、芦苇莺、麻雀、燕子、野鸭、鹭鸶、小水鸡。它们在这芦苇花飘荡着的季节里，在这里欢聚，日子还很长久，是吧？虽然再走过去那边会有一片杨树林，那里也有各种鸟儿歌唱，但是那边的风景区建成后，那片杨树林也该被伐倒了吧？那些在叶子稀疏下来后看到的大的鸟巢呢？它们，要在冬天里搬家了吗？在寒冷的风中失去家园了吗？它们还是可以来这片芦苇荡，芦苇花开过之后，更多的芦苇会在来年生长，重重叠叠，生生不息。这里还能收留它们，让它们继续唱歌，是啊，唱歌是它们的本能，它们有的是歌声呢。时间坐在芦苇荡的入口处，正等着给它们开一个很大的Party。

3. 秋天的蒲公英

蒲公英作为菊科类植物，它归入草本也依然有着鲜花所具有的灵魂。它的花不逊于那些花头小而繁多的菊花，但它的叶子暴露了它草根的特性。

它其实很耐寒，即使夜里的寒霜也不怕，太阳出来后它的叶子舒展开来，开花的季节花朵也一样向着阳光绽开。所以说，当春天气温刚刚有所上升，它的叶芽就会冒出来，随着气温越来越高，很多草类植物更繁茂地生长起来。这时，它和自己身旁的婆婆丁、灰菜、马齿苋、紫花地丁没什么区别，它匍匐在地上的细长巨齿状的叶子与其他杂草混在一起，人们很难在沟边路沿将它们区分开来。只是到了开花的日子，它才扬眉吐气了，一朵花开了，要开上几天，接着另外一朵也开放了，前前后后一共有一个月的时间在开花，这些亮丽的菊花状的花朵，特别是它们成片地盛开，是非常耀眼的。

据说在古代它是被当作一种蔬菜来吃的，只是到了现在有了太多种类的蔬菜，它们才被当作野菜来食用。它有很高的药用价值，这两年身边的朋友开始到处寻找采摘蒲公英来吃。若要问吃蒲公英的时间，应该是它的花蕾刚刚冒出之时。要知道所有的草本植物一旦开花，它的叶子就老了，艰涩难以下咽。就如同玫瑰花一样的道理，花蕾刚刚要绽放的时候，它的香气储蓄在花朵里最多，一旦开放，花的香气就散了，你能闻到更多的香气，但食用起来大打折扣。当蒲公英的花蕾刚出，叶子还有些细嫩但粗纤维已经很多，这时候食用，叶与花蕾可以兼得。刚刚冒蕾的蒲公英用热水焯过之后，随着口齿间的微苦味道弥漫，好像能够品尝到那花蕾的香气。它们在和风中微微绽芽，在细雨中叶子展开，当一天又一天的阳光在它们的身上照耀，泥土里的养分让它们一天天长大，这是天地间所有平凡生命里的味道，经历过所有的寒冷与挫伤，经历过所有的温暖与柔软，这才到了你的口中散发它们自己的味道。

记得小时候去田里割草，家里养的猪和牛都喜欢吃这时候的蒲公英，只是它们混在众多的杂草之中。不知家里的猪与牛是否分辨得出它们与其他杂草之间的区别。

秋天的蒲公英和春天里的蒲公英没什么区别，只是气候的原因，它们喜欢较短的日照时间，所以秋天的花朵更美，更香甜，有着丰富的花蜜，引得蜜蜂涌到花丛中，这两年看到很多养蜂人把自己秋天产的花蜜叫作蒲公英花蜜。

秋天的蒲公英在自我的认知上感觉自己是花儿而不是草儿，所以，我想它们开放的时候一定有着更喜悦的心情，这天地间的一切都为它们铺展开来，就为了迎接一次它们的盛开。就像是童话里的公主穿越到人间是为了让人们仰望她的美丽与高贵，秋天的蒲公英在九月萧瑟的秋风中展现着它的美丽，被蜜蜂们围绕着，它们几乎忘了它们的属性。就让它们忘我一回吧，这天地间最低贱最顽强也最美丽的生命！

那些在乡村里被叫作"洋姜"的花儿像蒲公英一样也在开着黄色的亮丽花朵，比蒲公英的花大一些。它主要用根茎繁殖，不像蒲公英既可以根茎繁殖，也可以用果实繁殖，随风到达更多的地方。小时候洋姜的根茎用盐腌好后吃起来很脆，所以也是乡村里房前屋后要种植的。

秋天里开放的蒲公英和洋姜，它们的花头再大一点，就有点像向日葵了。不知为何总想到向日葵，就像是立秋家的向日葵，他去世后，他的叫四月的女友外出打工并嫁了人，乡村里立秋家只剩下了立秋娘和那些向日葵。当然，还有洋姜花和蒲公英，就像是时间在雕刻着乡村的塑像，就像是光阴的故事在延续着，开着平凡而美丽的花儿，有它们，乡村就还是原来那个让我们怀念的乡村，当它们也消失的时候，仿佛乡村也只剩下缥缈的鸿影在风中飘摇了……

4. 这片荷塘

秋天的荷塘里花儿已经不多了，偶有一两支粉红色的荷花还坚持着，一两支仅存几片花瓣，黄色的花蕾在寒风中颤抖。这片荷塘最先看到时间痕迹的是那些已长成的莲蓬，它们从绿色渐渐成为褐色，外面包裹着的已经有些干枯，可是莲子还未干透。这时荷塘里的荷叶大部分还是绿色的，只有不多的叶子成为褐色，只是茎干已经发黄了，荷叶的脉筋看得更清楚了。

爱上画画之后经常来这片荷塘，偶尔带速写纸来，但是总感觉带不走它们的精神。但我能看到时间在这片荷塘上方经过，呼啸着带着有力的东西刮过，它们总是演变着，演变着……我仿佛看到一个孩子从小到大，从年轻到壮年到衰老。现在我看到它们的茎干已经发黄，时间最大的力量是让这些有力地支撑着的地方变软弱，然后才是枯干的叶子，并不是叶子先枯干。芦苇和蒲草还有几棵红柳是它们的陪衬，蓝色的红色的蜻蜓挂在蒲叶上，连成一串。这情形其实是它们在产卵，雌蜻蜓由雄蜻蜓保护着，让它们把卵产在叶子上或者水中。这时，也是蜻蜓生命的最后时期，之后它们就会在冬天来临之际死去。这美丽的生物脆弱而又固执，它们的翅膀在秋天会让人感觉到格外寒冷，是羽翼太薄了，不能承受秋天和寒冷的重量吗？所以最先感受到时间痕迹的是这些美丽的蜻蜓，它们飞舞着，用翅膀扇动起一场风暴，让季节死在它们的舞蹈之下，直到霜冻让它们的翅膀再也不能飞舞，它们的灵魂就缥缈到远方。

四季的荷塘都有它自己的灵魂与精神。四月和立秋还小的时候，他们看到一个漂亮的新娘在荷塘的那座石桥上被娶走，那是在美好的春天，当时还锣鼓喧天地热闹了一阵子。那漂亮的新娘，在她出嫁前，四月曾看到过她多次，远远地。她总是在那座桥上流连着，像是在等待什么人，又好像从没有等待什么，因为她从不向远方张望。那她在流连什么呢，四月总在心里纳闷。现在她走了，好像带走了这片荷塘里的什么东西，四月心里感觉空荡荡的。四月仿佛听说那个新娘嫁得很勉强，好像丈夫和夫家都不是她所期待的。四月和立秋在桥上玩耍时，四月想，那新娘真的很悲凉很可怜，而且想自己的将来，那未来一定不会这么可怜的，谁要过这可怜的生活呢？

好像只是一眨眼的时间，四月和立秋就长大了，只差一分就能上大学的立秋和四月恋爱了。其实他们只是爱着这片荷塘，他们像那个很遗憾地被娶走的新娘一样喜欢在这座石桥上流连，所以他们能找到的只有对方，在视线的范围内。没什么，每代人都是这么走过来的，他们的长辈告诉他们。一直到立秋在夏天的那场大雨中在那条河里消失，四月以为自己的命运会一直留在这片荷塘边的。从外地打工回来，四月在石桥上流连，看到冬天里干枯的荷茎依然挺立着，是的，虽然是茎干先变黄的。在这寒冬里，枯干的荷茎终于战胜了时间，它们还没有倒下。一群孩子跑过来嬉闹，四月笨重的身子感到了疲惫，同时她感到空虚和寂寞，在这片喧嚷中仿佛过了千年，而空虚和寂寞依然是如此巨大，巨大到忘记了夏天的繁花和流水。

5. 我所知道的银杏

我在乡村的园子里种上了一棵银杏树，刚开始它那么小，只有大拇指那么粗，我每年收集它那些仅有的叶子，大概不超过一百片吧。这两年它长大一些了，叶子也开始多了，我还是收集它们，比如，看到几片叶子有些发黄了就采下来，几片或十几片地收着。

后来我就把这些收集的银杏叶放到我自酿的红酒之中。其实有许多超市在卖银杏叶，并不贵，应该说它们可能采集于更大更好的银杏树上，有着更丰富的营养元素，可是，我内心总是愿意用我自己的银杏叶，就如同某种信仰一样。

用它酿酒不仅仅看重它有什么降血压之类的功用，包括说它像葡萄酒一样有着清除自由基、抗氧化的功能。也许葡萄酒已被证明有那些功效，就统计数字来说。但银杏叶真的有那些功能吗？如果搜索一下就知道自由基有很多种，但它们的原理是一样的：人体细胞电子被抢夺是万病之源，自由基是一种缺乏电子的物质（不饱和电子物质），进入人体后到处争夺电子，如果夺去细胞蛋白分子的电子，就会使蛋白质接上支链发生烷基化，形成畸变的分子而致癌。这也就是我们常说的基因突变。据说银杏叶清除自由基和葡萄酒的抗氧化原理是一样的，它在大脑和中枢神经系统中的抗氧化作用可能有助于防止因年龄导致的大脑功能衰落等。其实人们在研究它的时候依据的是银杏的活性成分——萜烯，根据它的物理性质和化学性质，人们得出它可以对人体有很多有益的功能的结论。我觉得在一定的意义上，这些功能是有但不绝对。我知道它可以溶于乙醇当中，所以，我在多年的酿酒实践中就把它加入，用一定比例，它的萜烯成分和芳香类味道可以融入葡萄酒之中，当然还取其微苦的味道，取其清除自由基的功能。

我只是做我自己喜欢的事情。

因为很多年前，我曾经在一次旅行当中经过日照，在大巴车上导游说，看到那个方向吗，那里有一个古寺，那里有一棵天下第一的银杏树，这次因时间关系就不去看了。我回来上网查了一下，原来就是莒县浮来山定林寺内的一棵银杏树，据说已有5000年的树龄。那棵大银杏在秋天满树金黄色的叶子，那么美，我想象自己当时若是能到那个地方，一定要在树下躺下来感受那片土地上那棵大树上落下来的银杏叶。也许没能去看它反而对它放不下，有一阵子我常常梦见它，在梦里它在阳光下闪着光亮，金黄耀眼的银杏叶向我的脸上飘来，纷纷扬扬，像雪花飞落一样美。（这几年有几次去过莒县，但都错过了金黄色的银杏叶。）

某年，在北京友谊宾馆小住几日，白天在宾馆院子里看到的那几棵大银杏树，它们的叶子金黄了，阳光真的像我想象中那样从树的缝隙里洒下来，但当时还不是落叶的时候，没有想象中铺天盖地洒落的样子，那种样子应该适合"制作"成视频，因为"合成""剪辑""粘贴"等才会有那种浪漫的情景出现吧。它们已经结了很多果子，在密密匝匝的叶子中间有很多，圆圆的，小小的，一嘟噜一嘟噜的，我偷偷摘下十几颗带回家，算是一种纪念。

有一阵子非常喜欢吃银杏果，也就是白果，吃炒熟的咸味的。有时做成菜来吃，最好吃的应该是白果虾仁。裹着蛋清的虾仁滑嫩爽鲜，而白果略带苦味，满口的香味里有苦味的点缀是最好的。除满足口欲，除大家所知虾仁的营养，白果益脑益肾的好处则是不可小觑的。当然白果是黄色的，在烹饪佳肴时颜色上的点缀也是好的。

当我们总是感觉这个世界上没有一样东西是属于我们的时候，我们就会说：我去种上一棵树吧，让它跟我一起生长、生活和完成人生的道路。

6. 无所不在的天空

在一个午后的短暂梦境里，我来到了一个山谷，好大好空旷的山谷。山崖高高，我看不到山那边的风景。这边就像我常见到的土地，上面有植物，甚至有一个山泉水的水口，像我们这里的人用机器浇地时形成的一洼水面，我就这样嫁接了一个不存在的山谷。

我在山谷里感觉要下雨了，因为天气阴沉，我看不到前面的路。然后是哗哗的雨声，我在心里说，虽然我在做梦，但我的窗外，天确实下雨了。我的灵魂就这样游走于山谷与窗外的雨中。我一边感觉此事蹊跷，深感不安，一边又怕我的灵魂这么不安分会有什么可怕的后果。我想及时地醒来但又留恋着，不愿离开那个山谷。

当然后来我醒来了，然后发现天并没有那么阴沉，虽然下着雨，但天色还是很亮，因为毕竟是中午。

对于这个梦，只能说因为我这两天一直沉浸在维斯拉瓦·辛波斯卡的诗歌中。她的一首诗《巨大的数目》："一只孤零零的手转动门把/回声的余韵弥漫空屋/我跑下门阶进入一座宁静/无主、不合时宜的山谷。"

是的，当诗人在梦中进入一座空屋般的山谷，除了孤独，还有她自身对于孤独的理解以及那"巨大的数目"。她忽然明白那巨大的数目数不清又无法推开，且左右所有人一生的问题，就是那相对于巨大数目的孤独与寂寞，那最单一的东西，那具有启示作用的才是诗人要面对的。她终于知道并欣慰，自己的体内存在着这样一个空间，哦，这是所有人都希冀得到的空间。我们多么希望能有这么一个空间，装得下我们所有的孤独与寂寞，装得下所有的快乐与忧郁。

我所梦见的水与大海也可形容为"巨大的数目"，就像日久不见的朋友打电话，挂掉之后所有还存的疑问和思虑是那么多；就像你在一座空屋里，窗外下着大雨，就如同我的梦境，觉得那雨仿佛聚集起来装满了这座屋子，也在你的心里满满的。因为你对朋友的问题给不了答案，而自己的也给不了。

然而，那无所不在的天空却能给予，诗人在诗歌《巨大的数目》里那个山谷上面的天空，那个只要存在你的心里就一直都有的天空，那里的天空有着永恒的蔚蓝色和白色的云朵。天空的"蔚蓝色"好像好久都没有出现在我们的文章之中，因为它们属于过去。在我的故乡，下午《莲花落》的曲子响起，我们就知道货郎会出现在哪一个路口，小孩子们奔过去看热闹，大娘大婶们则一边评价着货郎的穿着，一边问货郎这件衣服真的是城里人时兴的吗。"见多识广"的货郎当然花言巧语，对，这件衣服城里人都在穿呢，那个物件在别的村都争抢着买或者用东西换呢。那时看热闹的我们看到的是一群纠缠在一起的人，看累了蹲在一棵大树下看着午后那蔚蓝色的天空和那些组成各种图案的云朵，我们议论着这个像牛，那个像人牵着一只羊，那个像……这时大娘大婶们散去，孤独的货郎这时会跟我们插嘴，说那个像城里的钟鼓楼，是吗？是吗？我们围着他问着。他头点得像磕头似的，我们都相信了。他说等你们长大了到县城里看看不就知道了。后来，我们参加高考从城里的钟鼓楼路过，感觉真是神奇啊，觉得它一点都不陌生，我们好想爬到那上面去玩啊。等我们工作了，天天上班时看到它，就不觉得稀奇了。可惜好像只一刹那的时间，那座钟鼓楼不见了，先是砖头瓦块的废墟，然后人们正在那里盖着高楼，扎起了巨大的脚手架。这时，我们才意识到，我们终于错过了它，时间选择了让我们永远失去它。它在时间和天空竟没有留下任何痕迹。就像诗人辛波斯卡在《俯视》那首诗里写的那只死去的甲虫，无人哀悼却在阳光下闪闪发光一样，钟鼓楼也在我们的心里闪闪发光呢。

当然，时间的痕迹还是留下了，在那些钟鼓楼的老照片展出之时。

我想，那《巨大的数目》，巨大的山谷，山谷中无垠的天空，时间的痕迹在那里留存着，永远留存，孤独与时间在那里等待着，永远不死，只要你的手转动门把手，你就进入了那个世界，那个门把手是关键，你要做的就是找到它。

7. 在那个地方

在那个地方，有个女孩子，她像夏天的精灵，像那羽翼透明的蜻蜓，飞舞着，想挣脱那被捆绑的命运，而命运的缰绳或松或紧地总是牵着她，她像是一只在天上漂泊的风筝。像四月也像很多那个地方的女孩子一样，桃红柳绿了一年又一年，她们却总是被乡村的命运和那里的人所牵动。

在那个地方发生着那么多的故事，大大小小的，林林总总的。离开那个地方的人不时地回头张望，仿佛在我读一首诗的时间里，在沉默里度过的时日里，那个地方会飘过风的语词、花的语词，我会上前紧紧抓住语词的翅膀，让它们带我在蓝天白云下飞翔一会儿……

在木质的桌子上划过去，就这样，时间她留下了自己的痕迹。

有时，我走过那个芦苇荡，停下来看看那些飘扬的芦苇花，看着寒风中飞掠而过的白色水鸟，默默听着野鸭那嘶哑于天地间凄凉的叫声，即使它们成群地在一起也显得那么荒凉，仿佛它们生来注定孤独，像那个在乡村的院子里种上向日葵的立秋，像他在秋天的萧瑟中摆弄着日渐衰弱的向日葵的叶子，像叶子间传来的乡村里蝈蝈的叫声，像是蟋蟀和鸣的时候，依然是那么的宛如梦境，微弱的电灯泡的光照射下来，乡村里的蟋蟀正在聚集……

卑贱得如同蟋蟀一样的人群，在那个地方生活的人们，我会看到他们的身影在那个地方。

乡村的集市上飘来烤地瓜的香味，那些在沙地的泥土里生长着的，那么笨拙的地瓜，滚进时代的烤炉里，被一只手翻转着，一只骨节宽大被冻伤的手，从烤炉的一边再到另一边，从这一面到另一面，最终被烤得外焦里嫩，散发香味的时候依然是笨拙的地瓜。这个时代那热乎乎的味道也许只有它知道，那些吃着它的人仿佛并不知道也不想懂得。还有旁边地摊上的冬瓜，唉，它们只差一个字，它憨憨的样子，之前只知道菜园里那片泥土的味道，现在四周是想认识却并不理解的一群人，他们指指它，一只手赶紧用抹布擦了擦它身上的小刺和霜白，于是他们掂起它，又拍一拍，拿回家去。它庆幸，他们的晚餐里需要它的味道。

时间的痕迹在我脚下的泥土里生长着，一寸寸地延伸着，一直到城市的边缘，到城市的中心。我在复印部的小门头房里看到几十只蝈蝈，它们待在草笼子里，不时地叫着。我问多少钱一只，店主答二十块钱。哦，是贵还是贱，不好说。我没有买下来，让城市里的其他人买吧，听一听乡村的声音，听一听夜晚月光的宁静，听一听那个地方的人们到底在说些什么，那些无足轻重的人在发出微弱的声音，像缥缈的乡村语词在空中晃动，像一首坚硬的诗歌在这片泥土里生长，像一块热乎乎的地瓜在香甜里滚动。

还有，那个出嫁的女孩子在荷塘边流连着，到底是什么一直让她牵挂？那个地方的精灵在飞翔着，我要跑步去看她，还有那只蓝色和红色的蜻蜓，它们在夏天的雨后飞舞着，有时会慌不择路地逃到城市的小巷里。在那个地方，荷花和野菊花正在盛开，向着阳光的方向，遇到一个女孩，她并不理解花朵和语词的开放，只是身子笨重，那里正孕育着被祝福的生命……

/ 乡村纪录

1. 阴影纠缠的树林

一架古旧的纺车，纺弹着一团棉絮，回忆看似要断了，又一团棉絮接上。那团棉絮是一座阴影纠缠的树林。

我十多岁，经常在自习课时跨过学校颓倒的后围墙到达一片枣树林。我坐在树荫下的一个角落里，心却不在书上，慢慢地思绪纷纭，希望在树林中遇到传说中美丽的精灵和仙女。

侧耳倾听，仿佛远方响起急促的马蹄声，一位少年骑在骏马上，红斗篷在他身后飘舞，他焦急地呼喊着，呼喊着一个女孩的名字。但是被强盗抢去的女孩已经死去，她变作了精灵，穿着洁白的衣裙，依然非常美丽，她在白云中飘飞，也呼喊着那个少年。

这么海阔天空、不着边际地编着故事，我自己也被它感动，沉浸其中，仿佛身在遥远的年代：高山、流水、荒原、森林。仿佛远古的一切，先辈的血液都汇流到我的身上。

树林是孕育和产生梦幻的地方。或许它真的暗藏看不见的仙女或精灵。叶芝有一首叫作《流浪者安格斯之歌》的诗。他走进榛树林，用树棍作钓竿，把小浆果抛入小溪，钓上一条银闪闪的小鳟鱼；小鳟鱼变成戴着苹果花的姑娘消失在远方……

哦，我听到诗人焦急的呼喊和痛苦的寻找。

啄木鸟啄木的声音轰然震响，周围没有森林、大海、仙女和少年，也没有银闪闪的小鳟鱼，只有葱茏的枣树。阳光筛落细碎的光斑，树下的青草罩在一片阴影之中。因春天的爱而复活的树林，叶片闪烁着油油绿意，小鸟们开始探头探脑，它们像藏在岸边浸泡于水中树根下的鱼儿，刚一露头，就回转向深水处游去，在离岸更远的地方竖起头向水面吐着水泡。我像看见鱼儿吐的水泡一样，听到鸟儿消隐在树林深处时鸣叫的拖音。花斑啄木鸟一会儿将扇面形的头饰聚拢，一会儿散开。这里只有深沉的寂静。

我啜饮那寂静，一滴滴的，美妙而甘醇。

该是我这么抛弃了同伴吧，我却伤心地觉得被同伴所抛弃，因此不得不跑到树林里读书、哭泣、梦幻。许是这想法扎了根，那种被同伴所抛弃的孤独感在年岁渐长的梦境里，在已被生活淡忘很久以后，总会在某个深夜突然袭来。

因孤独才去梦幻，又因梦幻而更加孤独。那逐渐成长的孤独和安宁让人享受着自我的生命。但那些我要求的孤独安宁只是对外部世界而言，我还没有去内在的自我里寻找，因此我不敢像西蒙娜·德·波伏娃那样宣称"我很孤独，我与众不同"。

但那树林中的寂静会让我的心魂、生命与众不同。那寂静弥漫着，像一滴水汽在空气中四处散开，像杜鹃响亮的叫声在清晨抖动着洒落，像村庄在阳光下慢慢融化；我闻到这寂静的味道，它像院中翻晒的青草的浓浓淡淡的芳香。我在梦幻中消隐了自身的地方反而找到了自己，就像美人鱼在旋转舞姿中双足的灼痛里找到了作为人的快乐，即使化作泡沫，她的灵魂也这样呼喊："我感觉到了，我倾听到了，因此，我在这儿。"

我在这儿，这是对生命存在欣喜的呼喊。

树林本身就像是火焰和光明的东西，它高举的枝叶是灼热的，在其中你会双足灼痛，大声呼喊。

古老的村镇是一架墨黑、吱嘎的纺车。它纺出的洁白丝线串起一些很难连缀的东西——那往事的沉淀物，串起那些树叶，那是火焰的鳞片。世事沉浮、喧嚣嘈杂，人流吆喝声中，我循着那闪亮的光泽像集市上受惊的动物般逃进树林。

于是，在我书写的东西中常常闪出这样的意象：

一个女孩走过长满青草的斜坡，走进树林，高地的风吹来；

月光洒在女孩的双肩，猫头鹰怯怯地飞去，夜的蓝水晶映在它的眼中；

女孩追赶着扇动透明翅膀的精灵，她细软的脚踩出泥土里蛰伏的绿意，四周轰然炸响一声呼喊：我们在这儿！

2. 她们或它们

在某个下雨天，总会想到那些乡下的日子，院子里爬满了丝瓜秧和牵牛花的藤蔓，只不过牵牛花总是在早晨早早开放，又迅疾地枯蔫。

邻居家那位女主人特别爱吃丝瓜炒鸡蛋，在我欣赏完丝瓜花以后，结出的丝瓜全归了那位女士。闻着从她家里传出的丝瓜炒鸡蛋的香味，我无动于衷，因为我最讨厌丝瓜做成饭菜的味道。我所在的"家"，在乡政府的大院中，我们两家共用一个院子。只不过她种的丝瓜有两种用途，除了欣赏之外，还能吃；而我种的牵牛花就只能够欣赏了。它们爬满了半个院子，早晨无数的紫红色的喇叭花，带着露水，翘首以待，等到我们起床，向我们展示它们的美丽与芳香。

在最为寂寥的生活中，想象一下那情景，真的不愿意放弃每一个能去观看它们的早晨，我和那位女士互相吹捧，说对方的花实在是好看。我占半院子的牵牛花，她是另半个院子的丝瓜花，还有已经结了瓜的丝瓜秧上，那沉甸甸的丝瓜让女主人垂涎欲滴。在夏季阳光明媚的天气里，这些花伸着脑袋，它们早已迫不及待地要出来，要看看这个新世界。因为，每一天所开的每一朵花都是新的生命，既让人感到欢欣，又无端地惆怅，每一棵牵牛花都与它的邻居纠缠在一起，繁茂地伸展，叶片与花朵争相在风中摇晃。

这些花让人想到情欲旺盛的男女，而且那位女士家的狗，每到发情期，就有很多公狗闻讯而来，搅得人一整夜都睡不好。而它，在白天到来，太阳刚刚升起之时，开始懒洋洋地躺到丝瓜秧下的阴凉里歇息去了。它也成了我们闲暇之余的笑谈。

就是在这样的日子里，我写了《墙外》这篇小说。小说中十三岁的小女孩，在一场大雨即将到来时，在高高的院墙上架上梯子，看到了瓜棚里一对相拥的男女。那里有小女孩对人的情欲的朦胧理解，以及她对外来世界的渴望。渴望自身之外的东西，这是每个人一生中的疾病，就像人的内心深处总有一处难以治愈的疼痛一样。

当初，并没有想到这些文字会改变我的命运，只是在人生的寂寥中多一份寄托吧。虽然被大雨围困在村子里，在泥泞的路上，在黑夜里行走心里充满恐惧，或者坐在马车上，看着马艰难地拉着我们，车轮陷进了泥水中；还有为自己应得的权利而据理力争，又为维护自己的尊严而舍弃一切等。但生活本质上的孤独是逃不脱的。

后来，我终于离开了那个乡镇，还是开着一大片花的早晨，那些牵牛花，紫红色的，边缘有一圈白色，显得娇艳又淡雅，在一片欢腾的浓雾中久久开放着。

我说总是在下雨天想起它们，是因为下雨天是寂寞的，让人隐隐感觉到了某种心底的东西在泛滥，便有那些花、枝叶和藤蔓在浮动。

我还喜欢青藤，在北京居住的一段日子，楼前草地上，中间的凉亭是由木架与攀在木架上的青藤做成的，那些青藤绿意蓬勃，让人禁不住要去注意它们，注意每天是否有新叶新芽冒出来。总是有的，嫩绿的小叶在阳光下伸展，下雨天，这些叶子共同发出了最美的敲打声。也许，它成了我所渴望的某个人的象征。

女人有时候就像这三种植物，牵牛花、丝瓜秧和青藤，她们或者它们，总是有着很细微的感受，敏锐的知觉，伸展着渴望的触须，无论什么时候不小心碰到，都会疼痛。

3. 见到荔枝树

他们要拍的是一部纪录片，到达那个老人的家里时，对着摄影机她显得很坦然，几乎不需要他们告诉她怎样，她就做得很好了。

老人就那么讲述着，说她没有什么可讲的，一生就这么过来了，没有大事，没有值得纪念的事。一切都很平常。只是她比别人活得长久一点罢了。她已经一百零四岁了。

这样的日子还有多久呢？她平静地说着，像是问他们，又像是问自己。

他看到房子的墙壁上，有一块几寸宽的黑色的痕迹，从她的卧室一直到饭厅里。他问起这道痕迹是怎么回事。她说，她身体一直很弱，所以，上了年纪之后，每天早晚两次，她手中拿着抹布，扶着墙壁，从饭厅走向卧室，把卧室擦干净。久而久之，抹布上黑色的东西就留存在了墙上，就成了现在他们看到的样子。

他让摄影师去拍这道黑色的痕迹，摄影师有些不情愿。

他不知道，当他把镜头拉到那里，在这道痕迹里，是这个老人所经历的一生，漫长的一生，像她说的，一切都很平常，几乎没有值得纪念的事。然而，就是从这个镜头里，我们能看到一个生命是怎样走过的，以及一个平凡生命里蕴藏的喜怒哀乐。是的，她很安详，是那种历尽沧桑后的。然后，她想起了什么，她说她"年轻"时写过诗，她要拿给他们看。她走向一个角落，那里有一摞纸，上面覆盖着几十年的尘土。他看到她的手伸向那里，拿起纸张，抖掉灰尘。灰尘在她的四周飞扬着，下午的阳光斜照进屋里，将灰尘的飞舞照得清清楚楚。他从她的手中接过泛黄发脆的纸页，翻一翻，它们大概写于50年代，上面的诗像是当年的革命歌曲，毛主席语录夹杂其中。

她带他们走出屋子，走向院子中放置的一件东西。那是一件很敦实的东西，上面盖着一条破旧的凉席。掀开凉席，他们看到那是一口棺材，很有些年月了吧，它已经很旧了，原来黑色的油漆剥落殆尽。她说，这是在她六十岁时为自己准备的。当打造它的时候，她没想到它会等她这么久。

他看着这棺材，生命有时就是这么伟大，她让它等了整整四十四年！

它已等得这样苍老，四十多年的风风雨雨，人世沉浮，一切都是那么遥远，又那么切近。

她很淡然地望着它，而它同样报以淡然的神情，她们心有灵犀。他也望着她和它，发现她们有着同样平凡的容貌，像她们的人生一样不起眼，在这后面，是所有的艰难与痛苦。然而，又从不向任何人刻意地展示，就这么从容不迫地，在这个小院子里，下午的阳光懒洋洋地洒在她们身上，飘忽而随意。

他想，真的不该再去说什么，有时人类说了那么多，命运却只需一个手势。

一阵风吹过院落，轻轻地，沉静和寂寞降临。老人和她的棺材一起站在院子里，风从她们身上吹过，下午的阳光一点点地倾斜，像是拂去旧日的时光一般，也抹掉老人的形象，她像是人们幻觉中才出现的人物。

一大早，他们开车去那个小山村。那是典型的南方山村，村子对面就是大大小小的山坡。一经询问，他们立刻就找到了要找的人，他住在村子的旧庙里。他已经一百一十岁了，他七十岁时，作为游方僧人到了这个村子。村子里有这座庙，他说，有他容身的地方，然后，就不再离开。他们看到一个小女孩，她只有四岁，却有着大人般的目光，也不爱说话，虽然并不惧怕他们这些陌生人，但总是寸步不离老人。老人说，她总是这样的。

四年前，一大早，他听到庙门外有婴儿的啼哭声，打开门，就看到一个小包裹，里面是一个被弃的女婴。这一切都仿佛是戏曲里才有的事。他将女婴抱进屋，用奶粉喂她。一开始他想将女婴交给别人喂养，毕竟，他是个没家没业的人。但时间一久，他跟女婴有了感情，就决定还是由自己将孩子养大。于是，四年过去了，现在，一老一少，他们谁也离不开谁。

是啊，他们说，真的像是戏剧里讲述的。

在这春天刚刚降临的日子里，古庙廊檐下的阴影中，一切都是玄秘的。

他们告诉老人，平时干什么，现在就跟平常一样，摄影机会跟踪拍摄。于是，摄影师跟着，出了房门，老人和小女孩抬着一木桶水，往山坡上走去。老人将水桶往自己这端的木棍上移，小女孩很轻松地走在前面，走上了山坡。满满一山坡，都种着荔枝树，全是这一老一少种上的，称得上满山遍野了。老人和小女孩一棵棵地给荔枝树浇水，水用完了，就再下去抬。

本来，他们只是来拍摄这个老人的，却凭空多出一个人物，这个四岁的小女孩。这也许是生活所能给予的一个意外，一个惊喜吧。

如果说那个一百零四岁的老人，她的生命是对命运的顽强抗争；那么这个一百一十岁的老人，他在对命运进行改变和修正。那一天，当他们离开小山村，离开旧庙时，老人向他们挥了挥手，小女孩看了看老人，也抬起了细小的手。很快，老人和小女孩，还有那满山坡的荔枝树都看不见了。

4. 秋日

这几天雨不停地下，雨声让我又回到了小时候。秋天，下雨的日子里，我总是坐在门口的小马扎上望着屋子外头的雨滴，还有在雨中的树木，榆树、槐树、梧桐树。还有雨稍停后偶尔飞出的小鸟，趁机转换自己躲雨的地方。几天后，晚上睡觉时就能听到远近的河流和水湾里，因为水的聚集而响起的青蛙的叫声，这叫声像催眠曲一样催我进入梦境。

而今夜，蛙声又同样地响起，还有近处秋虫的鸣叫应和着。我的心又像小时候一样满怀着对这个世界的期待和渴望。我仔细地回想起了青蛙和秋虫中的蟋蟀、知了，它们也是上帝所创造的万物的一部分啊。有时候在画画和看名画时看到那些活泼的虫子，它们在歌唱，努力地歌唱，无论它们的生命多么短暂。我曾经看到一个死去的知了，它僵硬了，不再活泼了，同一根枯树枝一起落到地上。那一刻，我想它会同枯枝一起化成土，这就是上帝给它安排的命运？难道它不能一直在那里歌唱吗？

　　还有这个秋天我遇到的两只野鸽子，它们的命运也是那么不同。有一只是我在路边一片树林中遇到的，它已经死了，我想应该是吃了带毒的食物吧。我看到它的羽毛，有褐色发红的，有淡灰色的，有淡蓝色的，相互混杂，竟然这么美丽，以前看它们偶尔飞过，总是羽毛暗淡的样子，不像家养鸽子的羽毛那么闪闪发亮。但现在我知道它们也是美丽的，我将它埋在一棵树下了，它也会同那只死去的知了一样化入泥土之中。不过，还有一只野鸽子，它比较幸运，那是在去乡间的路上，有两只野鸽子在马路中间觅食，对面一辆汽车驶过，速度极快，其中一只略微迟钝了一下，就在它想飞离车头的时候被撞到了。另一只飞走后落在这一只被撞的鸟儿面前，围绕着它叫，我们下车发现它还有气。如果让它这样昏躺在路中央很危险，我们就把它放到一只塑料袋里，带它一起上路，二十分钟之后它开始动了，又过了几分钟它完全站起来了，并且跳动着要挣脱袋子。于是，我们仔细检查，感觉它刚才只是被撞晕过去，现在确实没事了，我们就将它放飞了。它飞走的那一刻，我想，它一定会找到它的那位同伴的。

我常想如果我们就是上帝要拯救的那只鸽子呢？他就是那一只将我们放飞的手呢？

有时我看到麻雀在我的窗前飞动，它们那么平凡，没有漂亮的羽毛，没有像鹰一样翱翔高空的能力，它们只是在屋檐下飞动，飞到对面的栅栏上，那里绿意盎然，缠绕着开放的丝瓜花和葡萄藤，但它们也是上帝所造的万物的一部分。

那些鸣叫的秋虫啊，你们生的日子可能不多，但是你们仍在歌唱赞美，而我们被上帝的手所创造的人啊，我们也要歌唱赞美。

在秋虫鸣叫声和蛙声里，我想起了小时候，是啊，那时候田野里也是这样，有高高低低的庄稼，有密不透风的树林，树林里鸟儿飞翔，秋虫鸣叫，蛙声四起。在我居住的小区外面本来是一大片树林，今年村子里的人将树伐掉，种上了玉米和棉花。原来是树林的时候，里面有大大小小的坟墓，小小的土堆，是那些曾经在这一小块土地上劳作的人的坟墓，一到冬天，树叶落了，稀疏的树木间能看到它们。它们看上去那么可怜、刺目，但一到春天之后它们就不显眼了，被遮蔽了。今年春天，当所有的树木消失之后，人们种上庄稼，小小的玉米和棉花遮不住它们了，看上去那么荒凉，想到人的生与死，经过这里，总是看到它们。现在高高的玉米和棉花遮住了它们。在田野里散步时我使劲闻着雨后泥土的香味，树木和庄稼叶子的香味。

是的，我看不到那些坟墓了，只看到长得茂盛的庄稼，很快就会被收割的庄稼。我没想到树林砍掉之后，撒下种子，种上玉米和棉花，看这棉花上棉桃结满了，一个个棉铃又大又多，走在田野的路上，想起那些我小时候就走过的道路，思考着我的道路。

当我们看到茂盛的庄稼，看到棉铃又大又多的棉花，它将成熟开花，也将被收获。活着的时候，我们的生命要像这庄稼一样丰盛，像花儿的开放一样完美才行。就像我每天在歌颂上帝所创造的世界上美丽的一切，我所画的花儿、鸟儿，还有那些活泼的秋虫，感觉到上帝所造的万物是这么神奇，这么完美，这么伟大的时候，我知道是上帝用我的手做工。我有时画些寂寞的兰竹，飞落在花朵旁的蝴蝶蜜蜂，画成的东西有了它自己的生命，它就不再属于我，它属于大自然和上帝，它们的意念代替了我的意念，就如同上帝也知晓我的意念一样。

还有，在这秋天里，不禁想起里尔克的诗《秋日》。

主啊！是时候了。夏日曾经很盛大

把你的阴影落在日晷上

让秋风刮过田野

让最后的果实长得丰满

再给它们两天南方的气候

迫使它们成熟

把最后的甘甜酿入浓酒

谁这时没有房屋，就不必建筑

谁这时孤独，就永远孤独

就醒着，读着，写着长信

在林荫道上来回

不安地游荡，当着落叶纷飞

/ 你好，时光

1. 你好，时光

A. 舅舅的菜园

舅舅的菜园里安了一个水泵。这里有最好的黄河故地的水，清凉甘甜。下午水泵将水抽出来，顺着一畦畦的菜地进入菜园。

我把手和手臂伸进水里，发觉夏天里抽出来的水冰凉冰凉的，像是在冰箱里冰镇过一样。水泵的沟渠到菜园之间，沟渠的宽度在慢慢缩小，以便水流到每棵菜的边上时会变得轻柔缓和，那些菜不至于受到惊吓，它们会慢慢地接受清水的抚摸、亲吻，然后会感觉到水的清凉，它们的灼热正遇上这种清凉，于是相互融合，水乳交融。

舅舅原来一直跟朋友们出去做生意，到南方去。他走时总说他的朋友们怎么来劝他加入，怎么离不开他，因为他有技术，对人真诚。然后去南方之后回来，他的朋友们都变成了敌人，因为他说他们合伙来骗他，只有他赚到的最少，别人合伙"分赃"，他怎么能不气愤，之后就打了起来，所以成了仇敌。然而，一年之后他又说同样的话，又有别的朋友要他加入，之后又是同样的结局。这些都是他的一面之词，不过，他的那些朋友确实都赚到了钱，之后到县城发展，开了酒店、商店之类，只有他依然在村子里混，他说他再也不去南方做生意了，这个世界没有什么公平公正，没有仁义道德，人们除了钱之外什么都不认，等等。所以，他很坚决地在离我家（在我家的后面，也就是北面）只有两百米的地方——这块属于父亲的田里种菜了。

种菜还有一个好处，就是在这里可以盖一间简易的小屋，他可以住在这里，不用跟姥娘整天相对，他说姥娘的唠叨让他受不了，长期在一起他们之间也像仇敌。有一次我母亲神秘地说，姥娘怎么来找舅舅，可能带来了好吃的，怕她见到，还藏藏掖掖的。她说我舅舅还不耐烦地将她送来的东西放到一只大绿碗中，好像是炖肉，她闻到香味了。

舅舅的菜园里种了好几种菜，但他好像对每棵菜都熟悉和了解，仿佛它们是一个个不同的人，每个人都有不同的地方，虽然它们不说话。而在我看来每种菜都长得一样，比如，茄子都是紫黑色的，西红柿整株是绿色的，结的果子先是绿的，熟了才是红的。但在舅舅那里不是。他告诉我有一棵茄子，因为下面结的一只茄子太大，养分都供给它了，所以这棵茄子有两朵花没结果就落了，大概那只大茄子长得够个了，所以现在上面有两朵花没落，还结出了绿色的小茄子，花刚落后结的茄子是绿色的。他说他今天就摘下那只大茄子，这样那两只小茄子就会长得快了。我想他可能对每棵菜有几朵花都知道，而且熟悉得可以像朋友一样对待它们。他因此知道什么时候该上肥了，可能那些菜会告诉他也说不定。他因此知道何时该浇水了，他说上午浇水水温和菜地的温度差异太大，所以要下午浇，我想这大概也是那些菜告诉他的。不过，他跟它们成为朋友后，它们不可能背叛他，不会跟他成为仇人，所以他在这块菜园里种菜种了好多年。

当舅舅到了六十岁，去了镇上的幸福院之后，他老是抱怨院里只有他一人干活，种菜。我说，你可以不做，让别人做。他说他们都做不好，一畦畦的菜地都种不直，弯弯斜斜的像什么样子？我说那你就自己做吧，就当锻炼身体了。

记得很早的时候他编筐，用紫穗槐和红柳编，紫穗槐有一种特殊的辛辣味道，闻到这种味道五分钟我就会头发晕，所以，我总是远远地看着他在院子里编筐。他编得很慢，他说慢工出细活，他说他的筐子在集市上总是卖得最贵的，但总是有人舍弃便宜的来买他的，他总有几个老顾客，他说他会仔细地审查每根红柳和紫穗槐的枝条，以便在每根枝条最粗的地方，相对地用最细的枝条，这样才严丝合缝。我说有必要那么仔细吗，人家买去还不是用来盛青草，甚至是背着它盛在路上捡到的牲畜的粪便。他说别人买去后做什么用途他不管，但只要是他编的筐就一定要让它无可挑剔。他边说边在筐的收尾处编上一圈花边，用红色的红柳和白色的柳条混编，花纹很漂亮。但我有些不屑。

我姥娘说得对，别人编十个筐他才编一个筐，照这样就是卖得再贵也是赔本赚吆喝。我想舅舅这一辈子也算不对经济账，怪不得跟那些做生意的朋友都成了仇人！他这样编筐只能单干，如果大家与他合伙"编筐"，别人还不气疯了。

好在他编筐用的材料都有，也不用去买，像红柳，在河滩那边的一大片荒地上长满了红柳，它们开花时真是很漂亮的一大片，红云似的海洋一般。紫穗槐也很多，它们都应属于灌木吧。对土壤和环境要求不高，生长得很快，也都开花，我喜欢望着它们开花的样子，材质用来编筐也算不错了。

三十岁以后，我学会了问候时光。我会对着一棵茄子说，你好茄子；对着一株西红柿说，你好西红柿；对着一根葱说，你好，你这根蔫不拉几的大葱！你好，我们过去的时光！

B. 父亲的西瓜田

我十三岁时父亲在种西瓜。那时候没人种西瓜，父亲瓜田附近种的都是玉米或者棉花，所以我们的西瓜田就很另类（我觉得在父亲这个地地道道的农民的头脑里也有一些不切实际的想法），我得以在暑假期间帮着看守瓜园。我很安全地看守着西瓜园，没遇到坏人甚至没遇到前来偷西瓜的人。我只是拿着一本书，看看书，天马行空地想一些不切实际的东西，下雨天还可以倾听来自旷野的各种声音，雨打在玉米叶上的声音，打在棉花叶上的声音，打在树木上的声音。

在阳光很好的时候，一大早我来到瓜田，而父亲在夜间看守后要去吃饭，然后到其他田里干活。我站在棚外，听见鸟儿在啾啾鸣叫。我会闭上眼睛数那声音，每几声长的啾啾声里，有一声短的，像叹息一样，仿佛鸟儿在歇一口气，接着又是一连串的叫声，像我在每天清晨离开家时，家里墙壁上安装的那个小匣子里流淌的音乐声（专门广播国家大事，但有时有音乐声）。阳光也像在演奏着，它那样轻轻地洒在我的身上，洒在西瓜田里，每一棵瓜秧的叶子和匍匐着的藤茎都在阳光下静静地待着，它们仿佛感觉到了什么伟大的东西，它们被震慑了，没发出一点声音。

看守棚很简陋，但像个小屋子。斑斑驳驳的防雨油毡纸，支起四个角，代替门的是白色的塑料布，因为在其他方面使用多年，已经分不清颜色，但看得出底色为白色。中间一张小木板床，看守的人可以躺着或坐着休息。我大部分时间躺着，一张花床单还算干净，但我知道床单下面的褥子很破旧了。我有时无聊，会掀起来看。

我知道在不远处，会有一男孩子来田里干活，他比我大几岁，已经能帮父母做田里的事了。他没什么特别之处，只是个子长得高，也比较英俊，所以，我在心里时常盼着他能来到我看守的瓜棚里，跟我说几句话。那时根本不懂恋爱是什么，但朦胧地就是喜欢他，所以我现在想，那时该是有了恋爱的感觉吧。希望他来说几句话并不是我自己在棚里感到寂寞，我从小就喜欢一个人待着，读书，静静地发呆，沉浸在自我当中，那将是很美好的事。可是偶尔会有让他到来的想法。

那一天下雨，滴滴答答的雨声是那么悦耳亲切，一声声地在我的心间响着。美妙的感觉、愉悦的情绪围绕着我，我要唱歌，却不会唱什么。正在这时，我看到一个男孩子敲打了几下塑料门帘，说，我能进去吗？

我立刻知道那是他，虽然从未听过他的声音，姥娘讲故事经常说道，如果你一直在想着一个人，那个人就会在你意想不到的时候出现。我想一定是他。我下去掀开门帘，他走进来，摘下头上的一小块塑料布，塑料布小得只遮住他的头部，他的双肩都已淋湿了。

我搬了棚里的一个马扎让他坐下，他大大的眼睛看着我，说了一句我很不高兴的话，他说，你放暑假了，我好像听说你在班里学习不错。

他以大人般的口气说话，把我当作了小孩子，我点点头没说话，然后空气就像凝固了一般，我们之间再没有说任何话。我看到他黑黑的脚趾在塑料凉鞋里露出来，走田里的路沾上泥水是不可避免的，但那脚趾那么黑是我不能接受的。我低头看着自己的脚趾，它们也装在塑料凉鞋里，但不是那么黑，是黄色的，相对于他则是白皙的，是正好的颜色。我低头将脚趾动了动，又将它们藏起来，仿佛我的优势会伤害到他。有谁知道到底什么颜色的脚趾才是正好的，符合我内心要求的。我就这样以这个理由从此将他从我的内心删除，并为以前盼望他来的想法感到可笑。

好在尴尬的气氛很快就结束了，外面雨停了，他走了出去，我舒出一口轻松的气息，然后继续躺在小床上读书了。

还有很多时候我跟西瓜说话。我的西瓜一个个被摘走，只要父亲觉得它们已经熟了，它们就被装到地板车上，去了集市。那一年，我父亲种西瓜比别人同样大小的地种玉米要多赚了一些钱，虽然不多。最后剩下一个西瓜，父亲说这一个可以留给我，我可以不吃一直放着它。我知道父亲种的西瓜很甜，父亲说买他西瓜的人第二次上集还会来买。可是我一直看着那个最晚结的西瓜，我想那朵西瓜花可能以为自己再也不能结果了，它会像其他没结果就凋谢的花儿一样谢了，然后就拉倒了，完了，死了。可是它根部的营养还足以让它结果。于是，这株西瓜，在最不利的环境中（天气越来越冷了），在不停的秋雨中，在叶子不再浓绿、光合作用形成的养分越来越少的情况下，努力地生长着。我隔一天去看它一次，我在它的身上下了咒语，我像一个"神"一般对着它不时点化，让它醒悟它结出一个西瓜的重要性。

终于有一天，我再看到它时，它已经结出一个西瓜，不如最开始结的西瓜那么大，但已经是个西瓜，有着一个成熟的西瓜所拥有的全部属性。这个西瓜身上也长着漂亮的花纹，我开始一直担心它长不出同其他西瓜一样的花纹来。它圆溜溜的，我还在它的下面垫了一张干黄的西瓜叶。

我禁不住对它赞美，我每天向父亲汇报这个西瓜的情况，迟迟没有把所有的西瓜秧弄走的父亲，这时可以动手弄走所有的西瓜秧，为秋分时种麦做准备了。他说这个西瓜是我的了。

我把它藏在放农具的西屋里，把它伪装起来，用一块旧得分不清颜色的布挡住，再放在靠近铁犁的地方，像是无意扔在那儿的破布。可是，有一天，我看到两个弟妹嘴上挂着红色的汁水，各自的手里拿着半块切开的西瓜，桌子上是一只西瓜的残渣，我的头里有什么东西响了一下，但我不敢确定这就是我的那个西瓜。我笑着问他们在哪儿弄的西瓜吃。他们说了，我的那个瓜再不吃就要烂掉了。他们早就知道我有一个自己的西瓜。

我没有哭我的那个西瓜，没有像我哭被卖掉的老牛一样。

我想可能那就是它的归宿，无论是被谁吃掉。只是我记住了它的样子，还有它努力生长的那些我陪伴它的日子。

2. 时光，你好

A．我所酿造的红酒

我希望我酿的红酒像父亲的西瓜一样有个性。

我走在县城的大街上，我觉得我熟悉它的每条大街小巷，我还不确定我是不是爱它。但我真真切切地看到时光，它的前后左右，它承载着只属于我个人的时光，在无边浩瀚的宇宙中，唯一的属于我的时光。我觉得心里很满足。几天后我写下了一篇日记式的东西：

> 今天误打死了一只蜜蜂，它是被我放在窗台上的一盆正盛开的茉莉花吸引来的。这盆茉莉花只有一尺半高，竟然开出了五十多朵茉莉花，花香扑鼻，真叫人惊奇。今天是多天阴雨之后的一个晴朗的天气，阳光很好，所以我打开窗子，纱窗没关太严，留着一条缝，所以它就义无反顾地来了。而我不明就里，以为是只黄蜂，拿来苍蝇拍很努力地将它打死，它的尸体现在就在窗台上，我非常懊悔，让它因为爱花香而付出这样的代价。

> 2009年9月9日，星期三

其实在买来这盆茉莉花之前，我一直在酿酒，自酿红酒。我有些痴迷，因此还写过一篇叫作《时光的味道》的散文，说我喝酒时是在喝着酒里的时光。

我痴迷酿红酒已经好几年了，原来只是按比例给葡萄加上白糖，用手捻碎，然后装到一些瓶瓶罐罐里，让它发酵，后来才知葡萄本身的野生酵母不够多，所以有些糖分不能转化为酒精，酒里会含有较多的糖。还有，葡萄本身的品质会影响酒的品质，因为老葡萄树上结出的果实大，大树的生长年限越高，它所积蓄的能量越高，它发出的芽、结的果实品质越好。而且老树下每年都有掉落的果实形成的酵母，树下的野生酵母菌越多，葡萄皮的野生酵母菌就越多，它们的多少直接影响葡萄的发酵程度，所以直接影响到酿造出来的酒的品质。

用来吃的葡萄我们觉得越甜越好，但酿酒需要酸甜适度的葡萄，比如赤霞珠葡萄，据说这个品种的葡萄吃起来并不是口味最好的，但用来酿酒酸甜适中，而且颜色鲜艳。我2009年7月用赤霞珠自酿的葡萄酒颜色就非常漂亮，色泽透亮，口味也是甜中带着果香。我想明年尝试把野生的小玫瑰加入葡萄中一起发酵，看一看能否酿出玫瑰口味的红酒来。

在葡萄发酵期间，我会不停地去看，在阳光下的那个大桶，葡萄皮发起来了鼓得很高，我把它压下去，很快它又起来，第二天我再去压。浓烈的酒香味弥漫开来，这时我想到了我父亲的西瓜田，还有舅舅的菜园，我知道痴迷一样东西的魅力是什么了，那是一种成就感，一种幸福感。

有一天，我到一家卖自酿葡萄酒辅料的店里去买东西，看到一小包紫色的小木片，问那是什么，店主说是橡木，可以把它们加入正在发酵的葡萄里。我豁然开朗，我想起外国的红酒酒庄里那些用来贮藏红酒的橡木桶。就这样，我在晚上，做了一个醒来之后我还记得很清楚的梦，非常之有传奇色彩，我想可能是白天里看到的橡木片给了我太大的冲击。

B．橡木之于葡萄酒

现在我好好记叙一下那个梦，我记得自己是在一个古老而破旧的庄园里，庄园快要破产了，因为这个庄园所酿的红酒口味总是差那么一点，不够完美，怎么办呢？庄园里请来了好几个酿酒师但都没有办法，他们不知道为什么自己酿的红酒味道总是比另一个庄园的差那么一点。让它味道更好的秘诀是什么？酿酒师们苦思冥想，他们一块讨论着，拿来不同的红酒品尝着。终于，庄园的主人说了，若是谁先找到使红酒味道更好的秘诀，他就把他美丽的女儿嫁给他。年轻的酿酒师都陷入了疯狂的竞争中，谁都想娶到那美丽的姑娘，得到庄园主的祝福。

有一位酿酒师在没有办法的情况下走出庄园散散心。他一边慢步走着，一边想着眼前的困境。庄园的周围长满了大树，有椴树、栗子树、松树、橡树，等等。他走到一棵橡树前，一根树枝折断了正好落在他的眼前，他随手拿起它来回甩着，悠然地摆弄着它。忽然他闻到一股香味，来自橡树树枝本身的香味，那是从树枝折断处发出的，橡树的汁液所弥散的。他茅塞顿开，他想如果红酒里面能含有橡木的香味，葡萄和橡木的味道相互融合，一定会有独特的味道。于是，他回去悄悄地在自己发酵的酒中加入橡木，橡木的木质素就融入葡萄酒中。放置两个月后，他们开启了葡萄酒，小心地品尝着，葡萄酒的味道醇美、口感丰富，带着橡木本身所具有的类似香草的香味。庄园主宣布酿酒成功，那个年轻的发现橡木的酿酒师成功了，他与庄园主的女儿结了婚。这像是童话般的梦幻结局。说实话，这结局是我编造的，因为我的梦到酿酒师发现橡木后兴奋走入古老的庄园就结束了。

是的，一切都很完美，我并不了解欧洲的红酒酿造史，也从没有到网上搜索。反正我认为经过几个世纪的改造和改进，葡萄庄园开始用橡木桶来贮藏红酒，橡木与葡萄酒的结合，橡木里所蕴含的单宁成分，使它能够很好地抵抗微生物和昆虫的侵害。橡木中的木质素降解所产生的香草醛，同样赋予葡萄酒香草的芬芳与风味，橡木中的丁子香酚，给予葡萄酒辛香和丁香花的芬芳，而橡木的木材纹理又使它具备了液体不可渗透的特点，所以说，葡萄酒与橡树的绝配姻缘让红酒得到了前所未有的解放。

C. 我们的葡萄

我后来看了一部影片才知道我那个梦纯粹是梦，是我的大脑在梦中虚构的情节。因为欧洲大酒庄的庄园主就是酿酒师，他们不需要雇用酿酒师，他们需要的是在采摘季节摘葡萄的人，还有在遇到霜冻时——电影中的那个场面，葡萄遇到霜冻，葡萄园中的大火炉点燃了，所有人都拿起扇子像蝴蝶飞舞一样，将热气传送到葡萄上去——每个人都能派上用场。

我们想象一颗葡萄，应该先看到一些晶莹的如同水滴的东西，然后才看到葡萄表面的水滴一颗一颗地在阳光下散发出光泽，透明的钻石般的光芒，最后才是一串已经成熟的紫色的葡萄。我可以把所有的葡萄称为"我们的葡萄"，因为在每一颗葡萄中都蕴含着一个小小的宇宙，暗藏着它的分子能。

在那部影片中，那座庄园被称作云的故乡，从山谷一直到山顶，绿色的葡萄藤占据整个庄园，像是一种绿色的云在飘浮。这种可能被称作赤霞珠的葡萄采集后被放置于巨大的木盆中，姑娘们用脚踩碎葡萄，葡萄的汁液四溅，在阳光下紫色的汁液和欢乐的气氛像是爱情的催化剂，男女主人公开始相爱。

雾霭和阳光，在这之下的葡萄园，那每一颗葡萄都被赋予了生命，那么美妙，仿佛葡萄本身就含有爱情的化学成分，梦幻般地在男女主人公之间飘荡。

人的童年像是刚长成的葡萄，三十而立时是葡萄的成熟期，而四十岁是可以酿酒的时期。影片中庄园主的父亲说他最初从西班牙来，不名一文，只有一株葡萄的根苗。老头说，那是整个庄园的生命之根，也是庄园里每个人的生命之根。他还说，酿酒，所有的秘诀都在于时间。

是啊，时间改变了一切，改变了每一个人，改变了每一个人的生命和命运，"我们的葡萄"就这样改变着我们。

三月的时候，我们的葡萄树发芽了。到了四月它们长出了绿叶，小小的叶片散发着清香，从原来有点发红的叶子到全绿色展开的叶片，葡萄园的人去整理葡萄树，他们把葡萄藤重新整理。五月葡萄架上结满了花穗，人们要剪去多余的花穗，这样整株葡萄树的营养才会集中供给剩余的花穗，让它们结成美味的葡萄。还要去掉病叶，以免病害的发生。还要施肥，这样度过冬天之后肥料就会起到作用。六月葡萄开花，一朵朵白色的小花清香怡人，花落之后就结葡萄了。葡萄先是青色的，然后是黄色的，最后完全变成了一颗紫色的葡萄，这时已经到了八月，成熟的葡萄挂满枝头，而在大棚里种植的葡萄比这早一个月就熟了。

　　记得去年是我们这里雪下得最早的一年，我在路上，寒冷的冬风中我看到了雪下的葡萄架，水泥树桩上盖着雪，紫黑色的葡萄藤已经下架，被盘好覆土，要到第二年的二三月份再上架。

　　看上去小小的一颗葡萄其实也要经历很多的艰辛，其实就像人生，哪一个人没有经历过艰辛呢？谁能保证自己的人生就会长成一串紫色的甜蜜的葡萄，紫莹莹的，那么可爱、美丽和丰饶？

　　当我看到那些在夜雾下迷蒙一片的青色的葡萄园时，我很希望在自己居住的小区院子里也种上一院子葡萄，那该是多么美。我甘愿花掉很多的时间去管理，施肥，疏枝，疏花，疏果，轻轻地除草，不要惊动刚过冬天还在睡梦中的葡萄藤。我会精心照料它们。葡萄藤往上一米二是不长葡萄的，也是为了让葡萄进行充分的通风和光合作用，然后让满院子都有葡萄花的清香。这样，我酿葡萄酒就不用去市场上购买了，而是用自己种植自己管理的葡萄，我知道酿酒不需要太甜的葡萄，要酸甜适中的，所以选种植的品种很关键。我想我会像迷恋写作一样迷恋种植葡萄和酿葡萄酒。

我们这些平原种植的葡萄，不像欧洲的种植园，都在山坡上，错落有致，看上去整个的葡萄园都那么美丽，若置身葡萄园，人就像是在云中行走一样。但我们一样可以拥有青色的葡萄园，像云一样的葡萄园，整个平原地区最广袤的葡萄园。

美丽的颗颗饱满的葡萄，含着过去的芳香，将整棵葡萄树的清香都包容进去，还有那来自泥土的香味，这是多么神奇！

收果之后，还会有遗留的葡萄供鸟儿们品尝，我看到它们在没有人的葡萄园里，站在葡萄藤上、水泥的架子上，高声鸣唱，一只喜鹊、一只麻雀、一只芦苇莺，它们在我的注视中警觉地闪动着眼睛，翘起尾巴在那里转了一个圈。我笑了，我对它们说，那些剩留在葡萄藤上的青色葡萄再过几天就熟了，那都是你们的了。有时，我站在院子里感受着那一颗颗葡萄，它们在丰饶的美丽中收获着，就像我们收获人生，就像我们经历人生，葡萄的清香在院子里弥漫、绵延，我会在这清香之中忘记人生很多的烦恼和痛苦，也让很多路过葡萄园的人忘记生活中的不幸，快乐起来。

温暖的热烈的美妙迷人的葡萄，我生怕遗失了你，我生怕无缘无故地丢掉了你。所以，我痴迷于酿造红酒，我想留住葡萄的生命，让它延续下去，让那所有的美好都延续下去。我很伤感的原因也是怕自己有一天会真的丢失了这一切，这美好的一切。

D. 你总有自己所痴迷的东西

我迷恋着种植葡萄和酿造葡萄酒，我想在我人生浓烈与淡然相结合的时候——当我已人到中年——在那些西瓜地与菜园消失的地方，我希望种上自己的"诗"。

这两天，我窗台上的这棵茉莉花，原来的五十多朵花儿都快凋谢了，只剩下几朵花苞，等待开放。打开窗户，让窗外的秋风来吹一吹它，它摇晃着身躯，自由自在地呼吸，感谢你自由自在的呼吸，因为我们有多少人连这都做不到。同时我家种的文竹也开花了，是米黄色的小花，每个小分叶上都密密麻麻地开着花。我都不记得这棵文竹是哪一年被我们带回家的，好像是我的弟弟从他的花盆里匀出来的一支，我们养在阳台上，虽然也浇水施肥，但种花还是没有多少把握，没想到它居然开花了。这些花像小星星一样点缀在翠绿的枝叶上，叶片舒展飘逸已经很好看了，花开了更美。花是星星枝叶是云，相依相偎的样子很可爱。

我迷恋自己酿造的红葡萄酒，打开酒瓶倒入高脚杯中，透明的玻璃映着里面红宝石一样的颜色，澄清而且光泽绚丽，闻一下它们的香味，朋友们为我的酒叫好，这时很有成就感。

我想，那些迷恋种花的人就像我迷恋自造红酒一样，花开时是最幸福的，因为有成就感，感觉在那一刻有了生活的自信，感觉自己的精神生活不是一片废墟和空白，自己对现在的生活状态还没有绝望。

因为在县城，我看到很多沉迷、留恋酒宴不能自拔的人。朋友们一边喝酒一边闲聊，他们觉得这样做"很有意思"，觥筹交错、杯盘狼藉、相互应酬，他们忙于宴请别人，或者被宴请。有的则是迷恋麻将，不过，像是一阵风似的，迷麻将的人现在少了，开始另一种叫"够级"的纸牌游戏，我也偶然加入过一次，他们真可以说是废寝忘食，兴奋异常。有时候觉得人偶尔玩一次可以，如果迷恋的话会很危险。

我宁愿去迷恋我酿造红酒时那种类似酒窖里的气息，它们是我生活里的另一种诗，另一种人生状态。

我们喜欢喝茶，真正懂茶的人会告诉你古树上的茶是精品甚至是神品，是上天给予我们最美妙的品味；而法国人喜欢葡萄酒，他们认为葡萄拜上帝所赐，是人用心智把它变成人间佳酿。那些历经风霜的老葡萄树，树藤的皮皲裂着，深褐色的古老树皮，树枝上却冒出年轻鲜嫩的绿芽和绿叶，然后是成熟后的一串串紫红色的葡萄，它们也是上天赐给我们的神品。这样说来，无论是我们古老的茶业还是葡萄酒，它们都是上天最宝贵的赐予，我宁愿沉醉在茶与酒之中，品味大自然和上帝的赏赐。

所以，每个人都有他迷恋的东西，这样才可以不与现实相妥协，才不会坠入平庸。因为人生需要很多首不同的"诗"，可以是浓烈的诗，可以是忧郁的诗，也可以是平凡而琐碎的生活的诗，反正你得有自己的诗歌，自己的迷恋。

乡村动词

老妇人站在院子里，阳光照得她眯起了眼睛，阳光很强烈，在她身上流淌着，像水一样地流淌。她的脸上满是多年的阳光流淌过的痕迹。

/ 赶

我们村向来把现在的清平镇叫作"城里"。就像季羡林老先生总是称自己是清平县里来的"穷小子"一样。我们对清平的称呼就是县城、城里。所以，当我们要到镇里去赶集时，我们就说去城里玩。那时到了"城里"心中就特别美，因为能够吃到糖葫芦。

字典里查到的"赶集"仅仅是"到集市去买卖货物"。其实它所包含的东西太多了，包括你在集市里有一天长大了，懂了很多原来不懂的事，你学会了如何跟别人打交道，学会如何讨价还价，还涉及人生的屈辱和挣扎，尊严和宽容等。我记得有一次去赶集，清平镇的前面刚刚挖了一条小河沟，我走了三里路，走到那条河沟前时，感到了一种眩晕，因为我不知道除了这条路该怎么去"城里"。而且父母只说到集市里卖花生的地方找他们，却没说这里会出现以前没有的一条河沟。我那时十岁或是十一岁。反正我看到很多人走到这条河沟前都感到惊讶，然后就绕着弯儿奔西去了，我想随着他们绕弯应该没错的，应该会到城里。于是，我绕着弯儿走过一个大的沙岗，上面有很多树，居多的是槐树，而且是老槐树。我听外祖母讲起过，这里的槐树古老而且有灵性，绕着走时，便格外留心，以为会出现什么妖魔鬼怪，或是仙女。我听到树林里依稀的鸟儿们的叫声，和我在家里听到的枣树林里的叫声差不多吧，不过是布谷鸟或者斑鸠，或是柳莺吧。我紧张的心情略微有些缓解，树林里面的野草有一些在开着小花，白色的，红色的，特别想走去看看，可是自己一个人又不敢进去，于是一边张望一边走离这个沙岗，前面就是清平原来的南大门了。

可是毕竟是费了好大的劲才到达城里的，便错开了与父母相会的时间，赶到集市时，我已经看不到父母的影子，于是茫然在那里闲逛着，直到一个男人的出现。

那个男人有三十多岁吧，我看到他时就有一种奇怪的感觉，知道他会上来和我说话。他说的话果然是"你在找谁""你长得真漂亮"之类吧。

我看到他的嘴上下动着，我却不动声色。直到他说到

"糖葫芦"这个词时，我才眨眨眼睛，我的目光开始变得左顾右盼，它才开始分散我的戒备心理。于是我跟着他左转右转地走着，我开始有种怀疑自我的感觉。等到他真的带我到一条胡同里，我才开始想到"糖葫芦"这个词不值得我走进这个危险的地方。于是，我快速地朝来的方向跑去，我溜得很快，跑进胡同外面的人群中，在我跑的过程中我听到那个男人在身后"啊、啊"地喊着，他试图再次用"糖葫芦"这个词来打乱我和我逃跑时的零乱步伐，或者他在喊着我刚才告诉他的我的名字。

女孩子总是对暗藏的危险有着天生的敏感，也许是在这个世界上由于性别的差异，女人总是弱者和被动者的原因；也许女人一生下来就存在着对男人世界的抗拒和规避，以及自我保护的本能。正因为那次赶集时的奇遇，所以我长大后也总是对三十岁左右的男人不存好感。

那一天，我很幸运遇到我大伯家的哥哥，然后我找到了父母，我没告诉他们关于那个男人的事。不过，由于父母也有因找不到我的余惊，他们不但给我买了糖葫芦，而且还应我的要求买了本小人书。那本小人书，后来都被我翻烂了。不过回家的当天，弟弟嫉妒我的小人书，但他又看不懂，趁我不注意撕掉了一页。于是我开始号啕大哭，大人来劝也不行，弟弟赔不是也不行。其实我心里知道，我对于集市那个危险的男人，对于我轻而易举被骗到胡同里，我心里还存有一种说不出的感觉，只是觉得特别委屈。委屈书页被撕和残存的对那个站在我对立面的男人的恐惧，委屈书页的被撕和对那男人的恐惧毫无关系。

/ 走

　　走是关于走开，离走。我的小妹，她一直是我们一家人心里的伤和痛，快二十年了，到现在我才敢面对它，并说出这件事。

　　曾经我看到一个纪录片，讲到一个丢失的小孩子被拐卖到遥远的地方，等她都有了第二代了，终于跟父母联系上了，于是他们互相认领见面，也是二十多年后了。看到电视里他们大哭的镜头，我已经稀里哗啦流淌了满脸的泪水，竟然毫不知觉。我们都想也许有那么一天，相同的事情会发生在我们身上。我想我那时要好好痛哭一场。可是到现在那些泪水还储存着，都发酵了，越涨越大，我真怕它像是玉米粒被高温烤着，然后"砰"的一声，玉米开花。可玉米花的开裂是美丽的，是芳香的，被嚼在嘴里是松软的，可是那行泪水却正相反。你不能够准确测出它的重量，而它的深度就像是心中的一片大海，也深不可测。

那是妹妹十九岁的时候，因为家庭内部的矛盾，她负气离家出走，一去便再无音讯。她对一切都要求完美，她心灵手巧，可就是性格太倔强。碰撞、摩擦、纠缠，它们消磨了日常生活的平静。这平静就像绿色树梢上飘着的炊烟，经不起一阵风，被吹得无影无踪。

生命是弱小和孤独的，家庭也是弱小和孤独的，我们不知道它们在下一个时段里会遭遇什么样的变故。

我常梦到和妹妹一起到田里拔草，我总是很慢，我的筐子总是不满，阳光透过庄稼的缝隙照在我们身上，汗水不停地流下来。我歇一会儿，还抱怨着，于是妹妹的筐子满了以后，她就往我的筐子里塞满草。还梦到我们经过一条小河，河水哗哗地流着，我们指点着水中的鱼儿。突然妹妹掉到水里，她在水中向我求助，我只能大声地喊呀喊呀，直到我把自己喊醒。我还梦到我和她一起奔跑着，到达一片荒芜的地方，地上是倒塌的树干，但是在那老朽的树干下，竟有一朵美丽的花在迎风开放，花瓣上还带着晶莹的水珠。我惊奇地看着它，它的美丽让我忘记了妹妹，抬头时她已经没有了踪影。我不知道妹妹到底要在我的梦里传递什么样的消息。

如果她还活着，是在向我暗示什么吗？如果她已经遇到了不测，她的灵魂又想告诉我什么呢？

有一段时间，母亲不能听别人谈论女儿这类的话题，如同我不能听别人谈论自己的妹妹。

我还记得我们曾养了一窝小野兔，它们是棕色的，毛茸茸的，非常可爱，我们小心翼翼把它们抱在怀里。我们是去田里拔草时看到这一窝（三只）小兔子的。可是它们还不能吃草，我们想它们是要吃奶吧，就偷偷地去挤别人家山羊的奶来喂它们。可是它们还是一个接一个地死去了。妹妹伤心极了，她说我们不该让它们离开自己的家和父母。可是，我不知道妹妹为何要因为小的家庭矛盾就离开了家。

记得对此事的记述，我在不同的时段里都发出自己不同的感慨，像一个无能为力的人在那里摇摆着自己的双手，以期我的唠叨能打动那个无情的命运之神。1997年的《红草莓》的题记载：

　　我常想如果一个生命既没有现在，也没有未来，只有一个过去，我们会说这个生命已经"死了"。

　　不！如同米兰·昆德拉所说"如果我永远不能把我爱的人看作已经死去"，那么，"那个人在"。

不知生命的长河有过多少转瞬即逝，即使生活着的人，也知道生命必有的过程，但人类不甘心，他（她）要对抗上帝，对抗命运，他要赢得无限的时间和空间，于是，活着的生命艰难地抗争着自己的定数，也时刻在追忆着他（她）爱着的并将永远爱着的另一个生命，因此，那个人——在。

　　人生难免有缺憾，我总是这样告诉自己。然而我的梦却执着地请求没有缺憾，要求一只碗是完整的，就像是妹妹最喜欢的那只白瓷碗，她不许别人碰它，可是有一天它还是摔裂了，她抱着父母给她锔好的碗哭着哭着，然后终于在大桑葚树下的荫凉里睡着了。然后这么多年以来，她一直就在那儿睡着。我在心里这样说。

/活

　　我八岁那年，和妹妹一块玩着那些五颜六色的糖纸，它们那么漂亮，当我们把它们展开放在阳光下时，它们就更加耀眼夺目了。那是姑姑带来的水果糖。我们以为是春节快到来的原因。

　　姑姑穿着也很鲜艳，她人长得又漂亮，因为一直没生育，她的身材也很美。我和妹妹经常要看看她，哈哈，就像是男孩儿喜欢看漂亮的女孩子一样。我们也都穿上了一件新做的干净的花棉袄。她就把我们一边一个抱进怀里，亲热地问我们话。只是后来我们才知道，姑姑那次是为了在我和妹妹之间选一个做她的女儿。她快四十岁了，还没有生育子女。

　　后来我和妹妹都留在了家里，不是我们谁也无法入选，实在是此后事情发生了很大的变故。

在那三年后的初秋，我、妹妹和大伯家的堂妹，我们一起到三叔的院子里去摘脆枣。脆枣不同于红枣，它是椭圆形的，一旦颜色发白就好吃了，又脆又甜。只有三叔的院子里有一棵这样的树。我们家在村子里是有名的大宅，院落布置大致如下：我大伯家在西院，我们在东院，而三叔在南院。三叔家的人都在省城工作，所以他那有两间土坯房的院子一直闲置着。大伯在那里开垦了一块菜地，种上了蔬菜瓜果。我们从大伯的菜地经过，就到了脆枣树下。我和堂妹爬到墙上才能摘到枣，我让妹妹在树下等着。我们一边摘一边吃，也扔给妹妹一些，再高的够不着，我让妹妹拿来一根木棍，我用棍子打下来。我们正过瘾，闹得正欢时，忽然三叔家紧闭的屋门打开了，伸出一个女人的脑袋。那女人走出屋门就对我们喊："你们几个捣蛋鬼，糟蹋这棵树！快下来，这还有女孩子的样子吗？"

她嚷嚷完了，我们除了惊吓，根本不知道她是何方神圣，为何住在三叔的院子里。这时，堂妹附在我耳边说："是咱姑姑。"

我惊奇了，三年前姑姑的样子我还记得很清楚，而今天这个女人穿着肮脏，头发散乱，脸色灰灰的，刚才嚷嚷时还目露凶光，竟像是传说中的女巫。她会是姑姑？

仔细看她几眼之后，我得承认，她就是我们家唯一的那个姑姑，女巫一样的姑姑。

当我们都喊她一声姑姑时，她不耐烦地说：你们都走，别在这里烦我！

我回家问父母，为何姑姑住在三叔的院子里，与以前判若两人，对我们也是态度恶劣。

父母都说，小孩子问这么多干吗，以后别去惹她就是了。

夜里，我听到父母在谈论姑姑。他们说姑姑晚上总是一个人坐在家里，她很少去串门，也避免和其他女人一起闲谈，她们总是谈论各自的孩子。可老天爷偏不给她一个孩子。

姑父很少陪着姑姑，两人成年累月地在一起能有多少话说？姑姑不反对姑父出去散心，只要他不参赌就行。他当然不会。但有一天晚上，姑姑忽发奇想，她跟在姑父后面看看他到底参不参赌。结果，她却随他到了一个女人家里。那个女人的丈夫常年在外，在村子里名声很不好。女人们讨厌那个女人，还谈论并嘲笑那些去找她的男人们的老婆都是废物，管不住自己的丈夫。

也是那女人和姑父粗心，姑姑轻易地进了那个女人的家门，当场抓住了他们。一气之下，姑姑搬到我们这里来。

当我把母亲包好的水饺送去给姑姑，她正在大伯的菜地里摘黄瓜。这时，院门响了，传来一个男人的声音：桂芝、桂芝，你开门吧！

　　姑姑扔掉手中的菜，奔进屋里，将门关得严严的，再不出声。我孤独地被门外那个男人苍老而脆弱的声音包围着。隔着门缝我看到一个满脸胡楂的老头，其实他那时还不到五十岁。他对我说，你是小雪吧，给我开门吧！

　　我摇了摇头，我看到他绝望的目光，让人发抖。院门锁着，我没有钥匙，即使有，我也不敢做主去开门的。

　　我大学毕业回到镇政府工作后，那个在我脑子里有着苍老而脆弱的声音的姑父就死了。他死时只有六十四岁。

　　姑父死后，姑姑才回到她原来的家里，那个村子离我们村有三十几里远，我们没有常去看她。几年后她也去世了。她死时也正好六十四岁。

　　姑姑总是说没有一个男人是忠诚的！在我独自一人的夜里，总是听到姑姑的责备声。姑姑一生的终结其实就在十多年前的那天晚上，她当场抓住了她的丈夫和另一个女人，又因为在残存下来的岁月里他们把生命留给了彼此的孤独与怨恨。于是，这种仇恨最后达到了极致，在她死前，她坚决要求我为她做成两件事：一是让她死后与她的丈夫离婚，以免在另一个世界里她还要过那种绝望的生活；二是她死后不与她的丈夫葬在一起。

但是，这两件事，我一件也没有做到。我无法让已经死去的姑姑和姑父离婚，也无法不让他们葬在一起。虽然我说，不和姑父葬在一起是姑姑的遗愿，姑父的侄子和亲属都反对我的说法并骂我神经病。

夜深人静的时候，我也能听到姑姑从地下传来的责备声，叽叽喳喳、零零碎碎，像母亲的唠叨声一样没完没了。我的神经被它们占据。我用手捂住耳朵，我无数次告诉姑姑，我无力改变这世界上的任何事，她就是不听，我以为她因了那另一个世界里不安宁的生活而来纠缠我。

随着年岁的增长，我忽然明白，以姑姑的个性，当时她能继续活下去，是她唯一不被命运左右的一点，是不露声色的惊心动魄。而我年少时内心对姑姑的责备、哀叹、无可奈何，所有复杂的感情也因此都烟消云散。

/ 笑

笑，就是我们与快乐同行。

那是四月里的天气——就像现在一样——对，阳历是四月，而农历是三月底，风暖暖地吹到我的脸上和身上，想着，再过个十天半月就到夏天了吧。

那时我有十六岁了，骑着一辆破旧的自行车从镇上的学校回村、回家。想象当时的样子一定很丑：不但自行车破旧，穿着也十分寒碜（那时女孩不会打扮），往前伸着头，每蹬一下自行车，向前拱着的上半身就动一下，头发也梳理得并不整齐，那形象实在是不雅。不过，渐渐地就有了感觉，因为有一位叫快乐的隐身人在与我同行，我不再是孤单一人。

虽然我总是喜欢孤单一人，不喜欢与别的女同学一起又说又笑地回家、上学、散步等。但此时，这个叫"快乐"的隐身人还是引起了我的兴趣。他爱沉默地跟在我身边，一点也不打扰我，而一说话就逗人开心。他提醒我，上个星期六回家时，田野里的苹果树还没有开花，而今已是繁花满枝，而且麦田里金光闪闪的油菜花也在迎风摇摆。自行车走在苹果园前面时，是淡而清雅香甜的苹果花味。过了苹果园，是残留的苹果花香夹杂着油菜花的香味，而再向前就完全是油菜花浓重冲鼻的味道。然后又是苹果园，又是油菜花，味觉一次次复叠。可是，我却可以清清楚楚地分辨出来，感觉出来。

不过，这期间我总是走神，想起学校里的同学与老师，因为在现实之中，只能去猜度他们。我想起男同学A，星期一早晨我与他擦肩而过时，他多看了我一眼；星期三下午，上体育课时，他又不停地看着我。于是，星期五上午的课间，我回座位，穿过教室前面的空地，我感到很多同学聚在一起叽叽喳喳，我听到了A的名字和我的名字连在一起。中午，我向女同学B试探询问，她并没有说同学们在议论什么秘密之事。不过，也可能她根本没有说真话。

我想，我谈恋爱也不会找A的，我和B，还有另一位女生，我们都喜欢男生C，他长得帅，还会写诗。晚自习时，他不起身离开教室，我们都不会走，我们都想把别人熬走，只剩下自己和男生C才最好。但果真有一次等到这种机会，我却追在B她们的后面慌慌张张地离开了教室。

有时，我觉得最可笑的不是我们，而是我们的老师。他们分在一个教研室的最容易谈恋爱。谈恋爱的同时，他们又都觉得对方不是自己最理想的，因为相同的环境，相互的熟悉程度，让他们不会爱得刻骨铭心、死去活来。很多同事间的恋爱都是这样，你去看看他们谈恋爱时心有不甘略带无奈的样子吧，各自都成为对方的鸡肋。

初中的一位女化学老师，长得矮胖，但皮肤较白，显得比另一位女教师好看一些。她已经是一位大龄青年，显然因为那时普遍的交际不够，她还未寻到一位如意郎君，但她已与某个男人订了婚。因为不如意，所以就与同龄的数学老师和语文老师都有些暧昧，但他们都已结婚有了孩子。有一天晚自习，煤气灯在教室里吱吱地响着，不知是谁先跑出了教室，然后我们都跟着跑了出去，一起涌到教室前面的一排房子，靠东首的窗下。房间是语文老师的办公室兼午睡宿舍，蜡烛光闪闪烁烁，从后面的窗帘上印出两个人影。渐渐地，我看清了，两个人影中有一个将另一个的手臂扳到后面，好像在逼问着什么。然后，化学老师尖尖的嗓音喊道：你放开我！而语文老师说：你说呀，是不是……下面的话听不太清，因为很多同学一边指点，一边议论着。

这时，给我们上晚自习的数学老师来了，他大概很奇怪为什么我们聚在窗下，就喊我们回去学习，然后他看到了那窗上的两个人影，一个要直起身子，另一个就硬将她摁下去，她的手臂仍被反拧在身后，发出了哭声。骤然，数学老师的脸一下子变得铁青，他不再管我们，而是绕过几棵柳树向前排的房子前跑去。我们都想：有好戏看了！

不一会儿，就听到数学老师大声地喊开门。我们听到化学老师喊着数学老师的名字，语文老师还没有松开她的手臂。门被砰的一声踢开了，里面就乱糟糟的一片声响，不知是怎么样了，窗帘上也是纷乱的人影。过了一会儿，他们像是意识到什么，里面声音小了，窗户被打开一条缝，数学老师对准我们大叫：回去！我们大家就轱辘轱辘地一起往教室里跑。

第二天，我在办公室里见到化学老师，她正在一个小镜子前拔眉毛，好像昨天晚上根本没什么事发生。她的眉毛很淡，她用刀片刮干净后又长出的眉毛就会黑一点，她就再修成弯弯的、细细的形状，每次我见到她，向她问化学题时，她总是在拔眉毛。我觉得她既不爱数学老师，也不怎么爱语文老师，当然更不爱她的新婚丈夫，所以，她总是在懒洋洋地拔她的眉毛。

而同学间的恋爱则不同，虽然像教师们一样有着相同的环境、相同的氛围，但男女同学间相爱就会爱得刻骨铭心，死去活来了。如果某个男生暗恋一位漂亮的女生，这将会影响他一生的幸福。他将以那女生为样板去寻找妻子，也就是说妻子将是那个女生的替身。如果说将来他过得比较幸福快乐的话，那大概是他的妻子与那女生某个地方长得相似——或者是某个动作、某个笑容，抑或是眼睛或脸庞。

我一边骑着自行车，一边回想起学校里的事情。这时，我听到那个叫"快乐"的隐身人咳嗽了两声，提醒我不要忘记了他的存在。于是，我又将目光投注到田野上，我看到了微风中的苹果花、油菜花，以及起伏的麦田；我看到了白色镶着红边的，红色镶着金边的，金色镶着绿边的，纷纷向我涌来的色彩和感觉。与此同时，我看到从张庄那边的土路上走来一个男人和一只狗，他们横过我前方的大路，直奔西面的田野中去了。田野中的小路蜿蜒曲折，狗跑在前面，跑得偏离了主人所走的方向，它就回头瞧着它的主人，猜测主人要走的方向。最后它终于跑回来，跟随在主人的后面。

看到这个男人和狗，我的心里就一疼，因为这让我想起了小伟。在十四岁以前，我一直喜欢他。我们是邻居，从小就在一起，可谓青梅竹马，我本来不太喜欢狗，但因为他养了一条叫小黑的狗，并经常让狗跟着他出来玩，我就不得不喜欢它。我还刻意地让他的父母也喜欢我，有了一件漂亮的新衣服就先到他家里转一圈，得到他母亲的夸奖才高兴。然而，现在我一点也不想再见到他了。连以前要讨他欢心的那些想法都觉得可笑。于是，我就想，我们爱一个人并不是不变的，可能在这一时间里我们爱他，而在另一个时间里我们会毫不在意他的存在。由此可见，同样的道理，如果一个男人爱上了我，那么他只是在那一时间里爱我而已。那么所谓永恒的爱情到底是什么呢？

所以我望着那远去的男人和狗，心里感到一阵的迷惘。

然而，我很快又将那一切抛之脑后，与那个叫"快乐"的隐身人一起向前蹬着自行车，让风将我的头发吹乱，让暖暖的阳光将我的脸庞照亮。

我下车去采集花束，那个叫"快乐"的隐身人就帮我采，先是一些紫色的荠菜花，然后是苹果花、油菜花，还有其他一些叫不上名字的野花，最后用橡皮筋将它们扎在一起。我将花放在鼻子下嗅闻着，就梦见了一个场景：在一个白色的房间里，深色的窗帘下一个女人坐在靠椅上，她在读着一本书，窗外阳光正暖暖地照进来，四月的微风在外面吹着，却吹不到她的脸上，她下意识地撩一下头发（头发短短的），并抬头望着某处，她仿佛是看到了我。我惊诧她的眼睛中有着太多的东西，那也许是岁月留下的痕迹；还有她仿佛叹息着我裸露在阳光中的幼稚的脸庞。

这时，毛白杨树林里传来了鸟儿的叫声，在梦境的那一刻寂静里，它显得格外响亮，让我禁不住一抖。我赶紧又蹬上了自行车，仍然是一副不雅的样子，眼前涌动着白的、红的、黄色的花朵，绿色的麦田，还有麦田里潜伏着的正悄悄地吃着青草的野兔。当然，那个叫"快乐"的隐身人正与我同行。

后来，我看了一部外国电影，是关于隐身人的，记不太真切了，好像那个隐身人是因为身上有某种化学药剂才能隐身的。他跟在人们的身后，人们却一点也发现不了他，但他确实存在。后来那种化学药剂一点点地消失了，他就又成了一个普通人，再不能隐身了。我认为，那个曾经与我、与很多人同行的叫"快乐"的隐身人也一样，某种药剂慢慢失去效力，他就成了生活中一个我们经常与之擦肩而过的人，一个再没有什么稀奇之处的人。而我们呢？我们就变成了我们的化学老师，长得白净、矮胖，因为无奈，因为没有完美的爱情，总是在不停地拔着眉毛。

/ 唱

　　1961年，我的外祖父胃大出血，人没到镇上的医院就去世了。他临死前还伸出五个手指头，告诉外祖母，地瓜要等到八月十五以后刨，能多长五斤。那时我母亲才十一岁。

　　外祖父去逝后，家境每况愈下。出身商业世家的外祖母，竟然让十一岁的母亲跟着她四叔去滕县偷偷贩卖柿饼。那时候母亲的四叔已经精神不正常，但是母亲仗着自己个子高，看上去要比十一岁大些，于是跟着四叔出发了。他们是天快黑时才出发的，到赵寨子时，去高唐的车已经没有了。母亲记得很清楚，那天刮着特别大的东北风。他们顶着大北风往高唐县城里跑，跑着跑着，四叔的病犯了，他一边跑一边骂着村里的某个人，那个人是小队长，经常欺负他。他有时也唱，唱的是二黄，是著名京剧《四进士》里面的一段。

他跑得离母亲远了，就停下等一等母亲。到了高唐城里，已是半宿，他们只好睡在一个大场院里，东北风依然刮得很猛。四叔把自己的皮帽子戴到母亲头上，怕她着凉。

第二天他们坐上了火车，几次倒车之后终于到了滕县。买了柿饼之后，她和四叔往回赶，在火车站她和四叔被挤开了。她找不到四叔，茫茫然走到票房前，她已没有再买火车票的钱。这时，一个三十岁左右的男人说自己认识四叔，说四叔又回滕县了，他要领着她回城找四叔。可母亲坚决不回滕县，因为她感觉出这个男人在骗她，于是她说她哪也不去，就要回禹城。那男人说好吧，我就送你到禹城吧。可能那男人觉得就是依了母亲到禹城，她也跑不出他的手心。还有另外两个姑娘也是类似的情况，她们三人和那个男人登上了去禹城的火车，到了禹城之后，在火车上母亲竟然睡着了，下火车时还迷迷糊糊的。也许正是这样让那男人放松了警惕。当母亲迷迷糊糊吃了他带的肉包子之后，她开始清醒了。她趁男人不注意，背着柿饼就跑，一口气跑到汽车站，乘上了一辆通往高唐的公共汽车，看到那男人没有追来，母亲松了一口气。

母亲回来后，外祖母高兴地抱起了母亲，连连亲她，因为四弟已经在前天回来了，他居然说母亲跟他走丢了。外祖母正悲伤得要命，说不该让这么小的女儿出去。可是女儿毫发未伤地回来，她真是谢天谢地了。母亲只给我们讲过那次危险的经历，对外祖母却没有提及。但外祖母也没有问，可是她心里明白得很。母亲曾听外祖母在一次谈话中对四叔抱怨，说差点丢了自己的孩子。

可四叔呢？他只知道骂那个小队长，说他会生个孩子没屁眼。他和小队长在长期的生活斗争中结下了不解之怨，他们相互找碴斗智斗勇。此外，他喜爱的另一件事就是唱二黄，经常唱，唱得很好听，很多小孩子跟在他后面听他唱。

母亲给我们讲到这段时，四姥爷常让我想到阿Q。不疯的时候四姥爷非常明白事理，别人家里闹矛盾，他还帮着去劝和，真是有意思。他疯的时候不但爱唱二黄，还爱到外祖母家拉着外祖母的手，哭得一把鼻涕一把泪的，然后说"老嫂比母啊，你就是我们哥几个的娘啊，亲娘啊"，让我感到很好笑。我十几岁的时候，他也曾提到他和母亲一起到滕县的事。他不提自己没照顾好母亲，只是竖起大拇指，说母亲很厉害，母亲好样的，等等。

那时候我们觉得滕县一定是个很厉害的地方，以为那可能就是京城。

接着说四姥爷。他的小儿子去云南打工了，来信说他不但能赚钱，还找到了媳妇。媳妇是纳西族的，本地人，对他很好。因为路途遥远，他来不及等父母过去，已经举行了婚礼。

四姥爷对小儿子思念得厉害，他的疯病又犯了，于是他说他要到云南去找他的小儿子。四姥娘就把他关在一个小屋子里，我们这些小孩子听到他在那里骂呀，骂那个小队长（他就知道骂小队长，以为这个世界上最大的官是小队长），还骂关起他的四姥娘，但更多的还是在唱二黄。唱得真好听呀，我们都去听，围着小屋子跳着蹦着，我们觉得很好玩。他还要我们打开屋子将他放出去。有一个小孩子竟然拿到了小屋子的钥匙，真是很奇怪的事。于是有一天小屋子里沉寂了，没有人再唱二黄了。四姥娘哭着数落着，我们吓得躲到旮旯里。从那一天开始我们就再也没见过四姥爷，他失踪了。他的小儿子给四姥娘来信，说没见到父亲去找他。

然后是很多年里，我们再也听不到村子里有人唱那么好听的二黄了。

/ 割

少年才十岁，暑假他每天都去割草，中午也早早地去。有时，他找到一块有很多青草的玉米田，他就谁也不告诉，怕别的孩子抢着割了去。那时，十斤青草给一分钱，或者算工分。如果一天能割到五十斤，一暑假下来，他的书费就有了，还能买到纸和笔，偶尔，他还能去买一分钱的糖果，一分钱两块糖。

他在玉米田里割草，太阳蒸得里面热烘烘的，汗水在他的脸上、身上到处流着，若不小心被玉米叶划一下，脸就热辣辣地痛，因为咸的汗水会渗进划伤的皮肤里。有时汗水让他睁不开眼，他就用衣袖去擦。他一点也不觉得夏天难熬，像别人说的。

玉米田的西边有一排杨树，田里不会太热。当黄昏来临，最炎热的时刻过去，他看到田外的小路上有两只花斑啄木鸟，他扔一块土坷垃过去，它们就飞起来，还有画眉鸟在高声鸣叫。

当他走出玉米田时，脸上除了汗和泥就是玉米穗上落下的粉末。他来到小河边洗手洗脸。这时太阳已到了西边，河岸的树影都拉到了对岸上，漫长的下午时间就快要过去。

浅浅的河水中央，出现了一对脚丫子，还有一只手伸到水里。水被那对脚丫和手搅动着，他看见脚背被晒得很黑，脚趾也又细又黑，而脚趾间却被水泡得发白，可能是他经常光着脚丫去田里割草的原因，他又低下头去仔细洗手和手臂。

黄昏时不强烈的阳光照到河岸及河水里，但天还是很热。小河上只有轻轻的水声。

他洗完就走上河岸，朝玉米田走去。他去背那一篮子青草回村交给队上的饲养员。

后来，他还是自己去割草，暑假里去，上学时放学后还是要去。他把青草背回家，家里有一头母牛，而且这头牛还不太老，还能生小牛。爹和娘抓到一个好签。

爹把他割回来的草铡碎，与早就铡好的麦秸掺在一起喂牛。这样他每天割的草只用掉一半，另一半要晒干贮存起来，留待冬天的时候喂牛。有时田里活不忙时，爹也去割草，一夏天他们家里贮存了一大垛干草。

他喜欢为那只牛割草，炎热的夏天在玉米田里，他看到啄木鸟在小路上飞，画眉在不停地鸣叫；他想着娘在家里做饭，做的菜可能是丝瓜炒鸡蛋，他几乎闻到了香味；他看到炊烟从屋顶上升起，烟在三棵枣树和丝瓜藤上缭绕着。

他喜欢那头牛，就像别的孩子喜欢别的动物，猫啊狗什么的。他觉得这牛越来越漂亮，来到他们家里才一个月就毛色发亮了。他总是在牛吃饱后再去洗一把青草不掺麦秸喂它，如果是他给牛喂水，他就往铁桶里多撒一些麦麸。他抚摸着黄牛的背，觉得是自己让它长得那么壮的。

他舍不得让牛干那么多活，可是爹说，牛生来就是耕田的，就像人生来就是干活的一样。

后来母牛怀孕了，它的肚子越来越大。

夏天的夜里，他起来上茅厕，月光下那只母牛趴在棚屋外，它的眼睛已经闭上了，嘴依旧在慢慢咀嚼。他走到它跟前，它静静的，不动，但睁开了眼睛。他就对它说，你快生小牛了吗？你最好生两头，那才好玩。

他摸摸牛，牛的嘴巴又湿又凉，然后他回屋接着睡觉。

有一天早晨，天刚亮，他起来先去上厕所，娘推门进来说，快去看看吧，生了两头小牛！

娘的眼睛红红的，却很高兴，她说，我守了它一夜，现在我要去睡一会儿。

他走到棚屋前，看到一头小牛在吃奶，另一头小牛在母牛的嘴前，它的毛还很湿，老母牛用舌头舔着它，它还站不稳，腿直打晃。他想上前去摸小牛，爹说，别上前！它刚生下小牛，它护犊。

他守了母牛和小牛一个上午。

快到冬天的时候，两只小牛渐渐长大了，它们在院子里跑着，相互追逐，还把一棵梨树啃死了。

那一天，爹分别给两只小牛套上了缰绳。它们不甘心被缚住，不停地蹬地，跳着，甩着头上的绳套。慢慢就好了，爹说。

爹牵着老母牛上集市。爹说要将老母牛卖掉。干吗要卖掉它？他问。

快到冬天了，它要闲上一季，还要吃草。你明年就要上高中了，谁给它割草呢？两头小牛明年春天就长大能耕地了，早晚也要卖掉的。爹说。

他抚摸着牛背，给它搔痒。他真舍不得它给卖掉。

不过，那天，那头老母牛没有被卖掉，因为双方在价格上僵持不下。但爹说明天到另一个集市上去卖。

夜里，他悄悄将被褥搬到外边，他要守着那头老母牛睡最后一夜。他想起自己以前天天割草却一点也不觉得累，想起潮湿的玉米田蒸得他汗流不止；想起它很快就被养得毛色发亮；想起它怀孕了，他总是多喂它一些青草；想起它明天就不在这个家里了，想着它今后会是怎样的命运。

第二天早晨，爹发现他睡在外面，都感冒了。他说，别把它卖掉，再养一段时间吧。爹看他一眼，什么也不说，仍然牵着牛去了集市。傍晚，爹带了钱回来，他说，这里面有一部分是你的学费。

/ 站

　　我拍下了一位农村老妇人的一张照片，她站在阳光下破落的院子里，身后是一个旧的麦秸垛和年久失修的房屋。房屋是土坯房，从窗户上所用青色的砖来看，应该是20世纪50年代的。在玉米秸的覆盖下，隐约看到一两个轧场用的石磙。老妇人那一头未仔细梳理的白发，给我的印象最深。

　　半开半掩的门前，是一棵长出叶子的小榆树，这也许是这个院子里最有生机的东西。而紧靠这个院子旁边，没有隔开的另一个院子里，才有这位农妇居住的房子，也很破旧，只不过曾经修缮过，虽然还是土坯房，可窗户已经用了红色的砖。一个旧木梯搭在房檐前，一个简陋的压水井，一个破瓦盆，几块木头，土墙头上的草还是去年的，已经发干。而在墙头的那边是一座新房子的一角和一棵大树。

老妇人七十多岁了，是个很善良的人，看上去还算健壮。牙口剩下的不多了，她张开嘴，让我看她空洞洞的嘴巴，以及那颗仅存的时常露出在外的门牙。

她住在这所老房子里，一辈子生了两个女儿两个儿子，他们偶尔会来看看她。她唠叨着，说儿子们过得不富裕，老大人太老实，一辈子只能在地里刨食，下力气干活，老二现在到外地去打工，挣点钱也不容易。两个女儿都老了，五十多岁了，不过她们的日子过得还不错，时常带东西来孝敬她。说到这里，她脸上露出一丝满意的笑容。

她的老伴死了十几年了，是得病去世的。他年轻时曾四处跑着挣钱，去云南做暖鸡房的生意，还跟当地的流氓无赖打了一架，结果被捅了一刀。那一刀虽没有致命，不过她总觉得老伴后来的死跟那一刀有关。她说她老伴的兄弟们都死得很奇怪。老大是累死的，累得胃里大出血。老二被抓壮丁，先是在国民党的军队里当兵，后来投降解放军，用现在的话说，他因为战争而患有抑郁症，才五十多岁就得病死了。老四是神经病，想儿子了就去云南找儿子，结果失踪了，应该也是死了吧，十几年了。她说的这个老四，就是我的四姥爷了。而老三，她的老伴，也得了重病死了。真不知道老天爷哪一天把我也叫了去。她说。

老妇人老伴的二哥，那个当兵的，我们小时候曾听别人议论，说他当兵多年，打过那么些仗没有功劳也有苦劳吧，为什么没混上一官半职，一定是他曾经当过逃兵，或者是发生过什么桃色事件，跟女人有关。后来跟女人有关的说法占了主导地位，村里人开始讨论那个桃色事件，讨论的最后结果，是他和他的上司爱上了同一个女人，偏偏那女人水性杨花，跟他们都保持关系，上司一气之下将他赶回了老家。这样连过程和细节都有了的虚构，这样的想象力真是惊人，很有荒诞的意味。

"人这辈子真不容易啊。"她说。这时，我的思绪被她拉回来了。唉，她叹口气，又说："人不都是这么活过来的，等到闭眼的那一刻才算是歇着了（休息了）。"

我跟她在院子里聊了好长时间，不知为什么，随着年龄的增长，我开始喜欢听老人们拉家常，虽然琐碎了些，但那里面不知有什么魅力，我能耐心地倾听了，这在以前，是不可能的事情。

老妇人站在院子里，阳光照得她眯起了眼睛，阳光很强烈，在她身上流淌着，像水一样地流淌。她的脸上满是多年的阳光流淌过的痕迹。这时，她略微仰起脸，像是迎着照耀她的阳光，露出了一个笑容，不知是又想起了什么事。她矮矮的身子在院子里移动着，然后站在那个旧木梯前不动了，她往那个破瓦罐里加进一碗拌好的饲料，招呼她养的那几只鸡来吃，她口中唤着，可能是嫌它们不够积极，她不满地对它们嘟囔着，像是对人说话一样，责备着，直到它们都到了跟前，她才高兴起来。

/ 暖

二闷小时候长得有点傻傻的、笨笨的。他大我几岁，可是他因为一再留级，最后跟我成了一个班的同学。他总是背不出课文，总是挨罚，老师让他到教室外站着听课。老师不明白，二闷都留级几年了，有些该背过的课文竟然还背不过。下课后，二闷却自以为聪明的样子油腔滑调地说："那些课文里的字都那么难懂，我读了几年，它们都成不了我的熟亲戚，就是背不过，我能怎么办？"他说得那样认真那样慷慨激昂，简直让我们笑破肚皮。

二闷是小名，他在家排行老二，又有些闷闷的样子，可能因此叫二闷吧。他的大名我们都不记得，一直都叫他二闷。

那时候，我们村里每年都有暖鸡房暖鸭房的，每年的五月份就能吃到毛蛋。毛蛋就是已经发育成形却不能破壳死在里面的小鸡小鸭。那时候很少能吃到鸡蛋鸭蛋的，父亲买来毛蛋，剥开壳，去掉毛，它们的头成形了，身子还是蛋黄的样子，硬硬的。收拾干净后，切成几段，锅里放油和辣椒，放上葱姜烹出香味，再把收拾好的毛蛋放进去炒，出锅时菜里既有蛋香也有肉香。那时候，觉得那是天下最好的美味了。

所以，同学们一块玩时，我讲起吃毛蛋的事，竟无限向往地说，将来如果能经常吃到毛蛋该是多么幸福的事。二闷他们也吃过毛蛋，他说，上一次他爹去买毛蛋，暖房的大掌柜称完后，又给加上了几个。他发誓说，将来我一定要做个暖房的大掌柜！

后来我上学离开了村子，却听说二闷真的去做暖房的生意了，不过不是在我们村，而是去云南，他不是大掌柜，大掌柜是他爹，他是二掌柜。

据说在云南的山村，那里的人都不会暖小鸡暖小鸭，都要靠外来人给暖出来，他们再买回去饲养。我们村每年都有人到云南去做暖房，可是年景不同，有的赚钱了，有的却要赔钱。二闷和他父亲那年就是赔了钱的。而我也很难相信二闷做二掌柜的，他能把算盘打好？算账都算不好，还不赔死了？

　　说些题外话。记得小时候听村里去南方做暖鸡生意的人说，他们对刚孵出的小鸡小鸭做一下手脚，来买小鸡的村妇就会把公鸡当母鸡买回去。当然，母鸡崽要比公鸡崽价格贵一点。虽然那时还不太明白，但我知道村妇们买回家的小母鸡崽是假货水货，长大后既不能下蛋，也不会做公鸡来压母鸡，只能被当作肉鸡吃掉。那时，我总是被一个本不该想的问题所困扰——如果有一个村妇，她老搞不明白这一只不下蛋的母鸡原本是只公鸡怎么办。我想，她的生活肯定也会被这个问题所困扰。她会不停地唠叨咒骂那只"母鸡"，问它为什么不下蛋，她会从吃食的鸡群里将它赶出去，让它到一边去悲鸣，让它感觉自己是个异类，感觉难受。这只是我的想象。我们怎会知道一只小鸡从一出生身体就遭遇到一只粗暴的手，是怎样改变了它的命运，它又是怎样的痛苦、弱小和无辜？

　　接着说二闷。他那次云南之行，生意上虽然是赔了钱，却也有意外收获——带回来一个媳妇。听说这媳妇长得不似南方人那般小巧，有点像北方人一样粗粗壮壮的。有一次我回家乡见过她，她已经很胖了，说话也粗声大气的，更不像南方人了，看来就是跟北方有缘吧。

别人说起二闷两口子，说他们就是有缘，隔多远也得聚一块，说他们的性情一致，那就是都特别贪吃懒得做活。镇上每隔三天的集，他们都得去赶。赶集不是有生意要做，有东西要买，而是要到集上吃饭解馋，早晨是一定要不吃饭就去的，到集上吃烧饼喝碗豆腐脑，中午饭还要吃得好一点儿，这可是很讲究的。可是田里的活儿他们做得就马马虎虎了，地里的收成肯定不会好，他们夫妻俩吃得胖胖的，家里却乱七八糟，什么值钱的东西也没有。就是还有两个满地滚的孩子。

　　再说题外话。我的父亲总是把田地侍弄得很好，他犁完地总是站在地头自己欣赏一阵子，他夸自己时就拿二闷作比较。他说，这地犁得多直，可是如果让二闷来犁，肯定犁成个麻花。

　　这次回家时，二闷听说我回来了，就让他的孩子给我送来一篮子毛蛋，他可能想起我小时候对毛蛋的无限向往了，却不知道我现在想起那死在壳里的小鸡小鸭就难过，根本不想再去吃了。他的好意我领了，就把原来准备送给别人家孩子的书包衣服送给他了。我去他们家时才知道毛蛋是他的暖房里的，他自个做了个暖鸭房。他爹已经去世了，他让他娘到西厢房去住，腾出三间大北房做了暖房。当时他们家的院子里到处摆着将来要盛小鸭的筐子。

我把书包给他，他搓着两手说给了我几个毛蛋，怎么好要我这么贵的东西呢。他媳妇也一脸的笑，可是眼睛里却很想收下，我就递给了她。她很感谢我，一激动就说起了云南话，我一句也听不懂。我转身离开时，忽然想到，二闷总算实现了小时候的梦想——当一个暖房的大掌柜。

暖房的"暖"字其实是一个动词，就是"孵"的意思。也曾做过暖房的舅舅说，暖房里的活儿是很细很辛苦的，每一只小鸡小鸭能孵出来是很不容易的。首先房里要烧木柴，让温度控制在三十七八度，到第五天时第一次挑蛋，挑的是没有受精的；第十天挑第二次，挑的是蛋里有受精卵，但卵很弱的；等到快出小鸭时，挑的是由于温度不适宜等各种原因而受伤，或者是蛋皮太厚的蛋。这种我们叫"钢皮蛋"，用以形容蛋壳的硬度，很形象，小鸭却是生憋在里面了，这就是到了最后关头，已经成形的小鸡小鸭死在壳里，永远出不来了，这些就是毛蛋了。经历这些之后，鸡21天，鸭28天，鹅31天，它们才能一个个地出壳，来到这个世界上。这样的小生命来到这个世界上都那么不容易，何况是人。人到这个世界上又何尝容易呢？佛家就认为人在六道中轮回，不知修炼了多少辈，人才能成为人。想到这，心中会涌上一种很悲壮的感情，小到一只小鸡小鸭，大到一个人，在生命面前，无论是贵族还是平民，都是平等的，我们不能漠视任何一种生命。

当我看到二闷那两个在院门口打闹的孩子时，我在心里对他说，二闷呀，但愿你努力干活，能精明一点儿，把那些小鸡小鸭们好好地迎接到这个世界，也能让自己的生活变得美好一点儿。

/ 在

在，是指我的父亲母亲，他们的在场，就是一个动词。

他们从不下来。他们在乡村的时候，收拾的田地是最好的，等到了城里，我在城郊给他们盖好了房子，他们住在那里，把屋前屋后全都种满了东西。

先说树。他们种上白杨树，种上后都活了，因为他们总想着给它们浇水。还种上能开花的杏树和山楂树，第二年杏树就开花了，树小开得很少，但很让人开心。

再说他们种的菜类，有生菜、蒜、茄子、豆角、西红柿、黄瓜，还有红辣椒。他们像当年在村里种菜一样，认真地种着屋前屋后的微型田地，能利用的都利用了。而且我想我总是有农民情结，看到爬到架子上的绿莹莹的黄瓜，看到紫莹莹的茄子，还有给它们浇水时土壤返上来的泥土味，我就心情愉快，喜欢得很。

我想父母他们是在想念土地，但他们又不愿离开子女，因为我们姐弟都在城里上班。于是，他们经常吹嘘他们的菜地。

有时，我们也告诉他们我们听到的关于蔬菜的新鲜事，在医院的小门诊上，听护士谈论，说有一个卖蔬菜种子的人来买了一大箱子的青霉素，问他为何买这么多，他说是要给大棚黄瓜用，说大棚黄瓜刚出苗时，会生一种病菌，就要打青霉素了。那人还说了，大棚里种的西红柿，不但要催肥（大）还要催红，等到生了什么病菌了，还要打"洁尔阴"。父母不懂"洁尔阴"是什么，但我们几个人都在笑。父母也笑，但他们还是不懂。我就说，吃你们种的菜，西红柿长得不大但有味儿，黄瓜不长但很嫩，你们种的菜是最好吃的。父母听懂了，开心地笑了。

我们都吃到荠菜水饺的时候，父母也会开心。

荠菜最好吃的季节是清明节前后，如果再早一点呢，因天气不稳，荠菜的叶刚长出又被冷空气冻得缩起来，这样的菜叶子太嫩，不好吃；而到了阴历的三月中旬以后，又嫌太老了。二月中旬至三月中旬是荠菜的黄金月，叶子鲜嫩，连菜根也是又白又嫩，根与叶一块剁碎了，放上碎的鲜肉。多放油，荠菜喜油，没油就干巴巴的，不好吃，然后就可以包水饺了。

父母总是在这个月到附近的田里找荠菜，每发现一块地里有特别多的荠菜时，就像发现了宝藏一样高兴。现在是时兴吃什么就有什么，据说大棚里也在种荠菜，而且我在超市里看到了，总觉得大棚菜好像是一个味道。我没有去买荠菜，再说父母也不喜欢用它们包水饺，他们只喜欢用从田野里辛苦挖来的荠菜。也许这样能让他们跟土地走得更近吧。

今年，父母去田里采集了荠菜的种子，秋天种麦子的时节，他们将荠菜种子撒到了房后的一小块地里。麦苗长得几寸高时，荠菜也长了几寸高，还不到来年开春，我们已经可以吃到鲜嫩的荠菜了。而且等到开春，他们也不用辛苦地去大田里寻菜了，只在自家院子里收割就好了。

父母养田的方式并不特别，却是最先进最科学的。他们把荒田里长得一人多高的青蒿砍下来，晒干，像抖芝麻一样，将它们黑色的种子抖出来。芝麻粒一般大小的种子，一共一百多斤，在大锅里炒熟了，黑色的种粒变得油汪汪的了，撒到房前屋后的那几小块开垦好的田里，那将是把土壤养肥的最好方式。我觉得他们是无意中做到了取之自然，还之自然。他们是真正懂得土地的人。在这样的田里种出的无论是玉米、大豆，还是蔬菜，都是又好吃又绿色环保的。秋天，玉米和大豆打下来，磨成面，再加上小米面，做成窝窝头，非常香，而且营养丰富。父母做好，给我和弟弟们送来。冬天，我们就经常吃这种窝窝头。

去年夏天，他们竟然在远处的田里捉来一只蝈蝈，把它放养到院子里，每天听它在叫。父亲还说应该再去捉只母蝈蝈，不然这一只会很孤单。母蝈蝈不叫，很难捉到的，于是就只有这只蝈蝈孤单的叫声，在回应着不远处小河里青蛙的叫声。

从乡村转到城市的一个接合部——城郊，我的父亲母亲，因为他们的在场，很多东西发生了变化，在我的内心。我会从关心城市转而关心城郊，以及城郊的蝈蝈的叫声，也会因此想到乡村，于是回忆变成倒叙，倒叙变成前言。在一个湿润的夏天到来的时候，在秋季的第一批树叶落下的时候，我关心起乡村的角角落落，乡村林林总总的一切，捡拾起它们闪闪发光的碎片，也检验着人类感情的起伏和脉络。乡村人物把他们的命运交了出来，让我们观看着，我们的世界会因此有着什么样的变化呢？

/ 生长

大自然中的植物，像一棵树、一根草、一粒麦子、一丛灌木，它们的种子落到泥土里，就开始扎根、生长、开花和结果，有阳光、和风、雨露，这样的环境，适宜于梦想和生长。

一个小女孩也是这样，她在孤独和月光中成长着，做着成长的梦和远方的梦，其实很多孩子都是这样成长的。

那时候，她和很多同龄的女孩子一起玩跳房子的游戏。那时跳房子用的道具是随手捡到的砖瓦块，平整的光洁一点的瓦片或砖块。它们被放置在一个四方格里，每当完成一轮的跳房子，就会升级，下一次的跳房子会更轻松一点，就像现在人们年轻时努力工作，每一次的成功会让你的生活更舒适，你会有好的房子住，拥有私家车等。然后继续进入下一轮的跳房子。可是，如果你有一次失败了，作为惩罚，你就要重新从最低级开始跳。

当一个小女孩快乐地跳房子时，她会看到一些老男人、老女人，他们老态龙钟的样子，他们疲惫瑟缩，呆滞枯朽。她轻视他们，不将他们放在眼里，不知道他们也曾拥有青春年华，也曾生长，并曾快乐地跳房子。她仅仅跳着自己的房子，为每一次的升级快乐着，那一刻，这个世界是属于她的。

只是她后来想到跳房子——那时候她长大了——就开始自我分析，问自己为何那么快乐地玩着跳房子的游戏，玩着升级的游戏。我们的人生会有多少次下一轮，又会有多少次因为失败而受到惩罚重新来过？游戏和人生有太多相同的地方，这总让人想到，在我们什么都不懂、并不生长的时候，我们已经提前体验了一切。时光交错，我们走过多少从前的路？

其实，成长并不是生长，生长是属于心灵的，是灵魂的。

有个人说过，生长是当你能品味到别人的生活和苦痛，并以此来感到自己的存在的时候。

于是，在孤独和寂寞中，那个跳房子的场景再现，她会看到那些老人，她知道他们也曾梦想也曾欢乐也曾痛苦，他们看着小孩子们跳房子，他们扶一个摔倒的孩子起来，他们笑了，露出了松动的牙齿。

　　其实，老人和孩子，他们总是会重逢，在下一个时空里。那时候，他们一辈子都在生长，像一根草、一粒麦子和一棵树一样生长着。

/ 开花

　　大伯家的紫扁豆花一路盛开，除了红紫的扁豆花，还有落花后结的紫扁豆。

　　双喜家的牵牛花，它们竟然沿着一个烂旧的柴垛开着，蓝色的像星星，红色的像新娘的脸。

　　双喜的邻居家，是丝瓜花娇嫩的黄色，满满地站了一院墙。

　　井里的水流出来，清凉爽快地流进丝瓜花下，紫扁豆里，只有牵牛花看上去很孤单。牵牛花不需要水分，不需要照顾，只需要早晨的阳光。它们举着红色或蓝色的小喇叭，吹奏着黎明时欢快的曲子，迎接新的一天到来。它们的藤蔓相互缠绕，弯曲着向上伸展，那么谦卑。但是，等太阳牢牢占据了自己的位置，洒满田野和村庄的时候，它们又悄悄地将喇叭合拢了。

像牵牛花一样谦卑的还有河湾边的垂柳。虽然柳树已经开过花了，但柳枝在一个古旧的花瓶里等待着一枝花的到来，它将是陪衬和点缀，它的谦卑将打开一扇美丽的大门，也如一位绅士在弯腰等待一位美丽的女孩。

还有田野里的打碗花，也谦卑地守候在草丛中，盈盈地伸出粉红色的像牵牛一样的喇叭花，期待着一个男孩儿或者女孩儿从面前走过，期待他们会回头看到它。它在那里许诺着，许诺给他们很多快乐。

开花是神圣美妙而自然的事情，在早晨或者夜晚，你能听到开花的声音，它们在窃窃私语，而且你只有在寂静和安宁中才能听到。还有那些花朵如何展开它们的花瓣，亲切地相互抚慰，共同庆祝开花的时辰的到来。是的，这时候，你能听到它们对这个世界的第一声问候。

你还会听到夜露和晨曦的对话，收集它们，你会变成一个圣者。

想起关于七夕牛郎织女相会的传说，人们在葡萄架下能听到他们说话。我想，那倒不是牛郎和织女的情话，可能是葡萄藤上花朵开花时的响声，是露珠和藤蔓、叶子和风儿之间的谈话，那么情意绵绵的，真应该经常去听听。

每一朵花都开得那么从容，像一个人的梦想，在夜晚不停地长大，开放，伸展。其实，开花本身就是一个梦想，它是活的梦想，动的梦想，它甚至超越了梦想，它展示了自己的力量。

　　大伯家的紫扁豆花就那么一路盛开着，大伯一路蹒跚着走到紫扁豆花架前，一只狗儿摇头摆尾地跟随着他。它看到他在小心翼翼地摘着紫扁豆，于是叫了一声，花架晃动着，"来了，来了"，"在这儿，在这儿"，所有的紫扁豆花都吵嚷着，忘记了这个世界上的悲伤和苦难，化作一时的甘甜和快乐，向着过去和未来迸发。